Holger Will

Der Wegwanderer

Der Autor ist 58 Jahre alt. Er arbeitete über 30 Jahre bei der regionalen Tageszeitung als Schriftsetzer. Im Alter von 50 Jahren wurde er betriebsbedingt gekündigt. Nach 16monatiger Arbeitslosigkeit nahm er eine Tätigkeit in einem Callcenter auf. Die Zeit der Arbeitslosigkeit überbrückte er mit einem eigenfinanzierten Studium an der Schule des Schreibens in Hamburg (Fachrichtung: Belletristik). Nach drei Jahren Tätigkeit im Callcenter beendete er durch Eigenkündigung seine Arbeit und ging in die Arbeitslosigkeit. Im Sommer 2016 nahm er über den Bundesfreiwilligendienst eine Tätigkeit in den Ramper Werkstätten am Schweriner Außensee auf und arbeitet zurzeit als Betreuer von Menschen mit Behinderung.

Bibliografische Information der Deutschen Nationalbibliothek:

Die Deutsche Nationalbibliothek verzeichnet diese Publikation in der Deutschen Nationalbibliografie; detaillierte bibliografische Daten sind im Internet über http://dnb.dnb.de abrufbar

Herstellung und Verlag:

BoD – Books on Demand, Norderstedt

ISBN: 978-3-746-08025-3

Für Heinrich Ansgar Leonhard und für alle Menschen, die mir immer die notwendige Kraft gegeben haben, weiterzumachen

Für Hasi (28.10.2017)

So gerne hätte sie diese Worte gehört, nur ein einziges Mal, aus seinem Mund. Sie spürte, wie schwer es ihm fiel. Doch irgendwann, sie wusste es, würden sie über seine Lippen kommen. Und dann würde die Luft zittern vor Glück. Mit der Nachsicht, wie sie meist nur Frauen an den Tag legen können, gab sie ihm noch etwas Zeit.

Zerbrechlichkeit

Wenn ein Verhöhnen Tränen hervorruft,

wenn ein Lachen von einem traurigen Herzen untermalt wird,

wenn Größe Größe unterdrückt,

wenn die Sonne beginnt fleckig zu werden und leiser zu scheinen,

DANN

Werden die Tage kürzer, obwohl sie gleichlang sind,

dann ist das Wasser kühler, auch wenn es Sommer ist,

die Wege werden schwerer, obwohl sie eben sind,

dann geh` noch nicht nach Hause,

denn draußen weht der Wind.

Die Nacht, sie kommt doch schneller, nicht nur in Bergeshöhn,

der Bach hört auf zu fließen, wenn wir nach Hause gehn.

Die Angst des Sich Verlierens geht um als Schreckgespenst.

Kann es denn sein vergebens? Wir sind noch nicht getrennt.

Kommt Frühling in die Heide, sind frohen Mutes wir.

Wir lassen uns nicht scheiden, zusamm` gehören wir.

Lass` unsere Herzen schlagen, gemeinsam immer fort.

Magst du dich um mich sorgen, ich gehe doch nicht fort.

Ich werde bei dir bleiben, solang es irgend geht.

Wir werden es auch treiben. Bis letztlich mein Herz STEHT.

Inhaltsverzeichnis:

Adebor`s Näs

Es gibt nur einen *Weg zum Glück*, und der bedeutet, aufzuhören mit der Sorge um Dinge, die jenseits der Grenzen unseres Einflussvermögens liegen.

Epiktet

Erstes Kapitel

Sonnenlicht durchflutet die Scheiben der Balkontür und zaubert an die gegenüberliegende Wand Schatten, die meine Aufmerksamkeit erwecken. Ich sitze in meinem Sessel, konzentriere meinen Blick und beginne unabsichtlich, etwas in diese Schatten zu interpretieren. Meine Gedanken gehen in der Zeit spazieren. Sie driften mehr und mehr ab. Die Augenlider werden immer schwerer. Je mehr die Entspannung sich ausbreitet, umso mehr verliere ich mein Körpergefühl. Meine Seele beginnt eine Wanderung in den Tiefen meines Geistes und beschäftigt sich unbeschwert, fast spielerisch, mit den Erinnerungen an vergangene Zeiten. Was blieb ihr auch anderes übrig. Die Zukunft kennt sie nicht. Diese würde sich zu gegebener Zeit offenbaren. Ich versinke tiefer und tiefer in einen Tagtraum, der sich leicht anfühlt. Das Körpergefühl ist

11

verschwunden. Meine Seele ist vollkommen frei. Sie bestimmt, welche Bilder in mir auftauchen werden. Sie geht auf Wanderschaft.

Plötzlich finde ich mich im Winter wieder. Flocken schweben zur Erde. Ich erwache aus dem Tiefschlaf. Meine Stimmung ist wie ausgewechselt. Gerade bin ich zurückgekehrt aus den Träumen der letzten Nacht, die, wenn ich sie zurückrufe in mein Bewusstsein, sich anfühlen wie Frieden, ein sanfter Windhauch, der mich Leben spüren lässt, und den Willen weckt, das Leben zu leben. Ich öffne die Augen, sehe auf das Familienbild an der Wand vor mir, höre das Geklapper der Nachbarn über mir, spanne meinen Körper kurz an, bewege, von dem Gedanken der Freude auf diesen Tag getragen, mich aus dem Bett. Was sich noch vor wenigen Wochen anfühlte wie ein Gewicht von 10 000 Tonnen auf mir, das mich ans Bett fesselte und mich nicht in den Tag kommen ließ. Diese Gedanken, die sich anfühlten, als wären sie aus Stahl und ihre Absicht sei es, mich zu verwirren, mich zu schwächen, mir den Lebensmut zu nehmen. Sie waren verschwunden. Einfach nicht mehr da. Sie hatten sich gewandelt in ein Band, das, anstatt mich zu fesseln mich in die Sonne, unter die Menschen zog. Die Freude, die wir empfinden, wenn wir das Leben ins uns spüren, breitete sich an diesem Morgen erstaunlich schnell in mir aus. Jedoch genug philosophiert! Raus aus dem Bett.

Im gemäßigten Tempo begebe ich mich ins Bad, anschließend in die Küche, um Frühstück vorzubereiten. Eine halbe Stunde später ist der Kaffee zur Hälfte ausgetrunken. Ich sammle mich, plane meinen Tag und starte. Besonders eilig habe ich es heute nicht. Gedanken tauchen auf, ungewollte, jedoch friedlich und beruhigend. Einer ist besonders vorwitzig. Er drängt sich immer wieder nach vorne, wahrscheinlich getrieben von dem Wunsch, dass ich mich näher mit ihm befasse. Er sagt mir mit Nachdruck, ich solle doch wieder einmal meinen Lieblingsplatz aufsuchen.

Es ist Januar. Eisblumen sind über Nacht am Küchenfenster aufgeblüht, ohne Zutun, aus dem Nichts. Das einfallende Licht der Morgensonne macht dieses Bild besonders schön. Die Blüten funkeln. Ich lasse mich darauf ein, dieses Spiel bewusst wahrzunehmen. Wie sich manchmal Schönheit zeigt und uns zufrieden stimmt, wenn wir uns die Zeit nehmen, sie zu betrachten. Die Hektik in dieser Zeit ist ständig von Veränderung geprägt. Doch das war schon zu allen Zeiten so. Das einzig Dauerhafte im Leben IST die ständige Veränderung. Und es braucht seine Zeit, dies zu erkennen und damit umgehen zu können. Viele schaffen es nicht, ihren Geist zu beruhigen und ihre Umgebung bewusst wahrzunehmen. Ich tue das heute an meinem freien Tag. Ich wende den Blick von den Eisblumen, schaue durch eine eisfreie Stelle über die Stadt. Schneeflocken tanzen, getrieben von einer Böe. Sie legen sich auf das Fensterbrett. Es ist später Vormittag. Es sind schon einige Menschen unterwegs, ihren Gedanken, ihren Plänen folgend. Kaum einer hebt sein Haupt und nimmt seine Umgebung war. Es ist Winter. Winter, der sich so schön darstellt, dass Wärmekugeln in mein Herz purzeln. Warum will das keiner sehen? Frage ich mich noch, werfe mir die Jacke über die Schulter, ziehe mir die Schuhe an, greife nach der Kamera und hänge sie mir um den Hals. Ich habe beschlossen, einen ausgiebigen Spaziergang zu meinem Lieblingsplatz zu machen. Die Schneefälle um die Weihnachtszeit herum und die nachfolgenden eisigen Nächte hatten die Herrschaft des Winters gefestigt. Eine Gelegenheit wie diese, Fotos zu machen, die das festhielten, kommt vielleicht nicht so schnell wieder. Dieses Ziel vor Augen, mache ich mich auf den Weg zum See.

Es gibt da eine Halbinsel. Auf ihr befindet sich eine Wiese, die in früheren Zeiten ein Rastplatz für Störche gewesen war. Darauf lässt ihr Name Adebors Näs schließen. Sie ist nicht sehr groß. Ein schwarzer ständig feuchter Weg führt ein Stück durch den Wald zur Wiese und bis an das Ufer des Sees hin. Dieser Ort übt auf mich, schon so lange wie ich ihn kenne, eine magische Wirkung aus. Am liebsten bin ich hier allein. Meine Seele fühlt sich sehr wohl hier, sonst würde sie nicht in regelmäßigen Zeitabständen den Wunsch in mir wecken, diesen Ort aufzusuchen. Ich kenne diesen Platz sehr genau. Zu jeder Jahreszeit, fast jeden Monat bin ich hier. Und wenn es nur wenige Minuten sind, die mich Kraft und Lebensmut tanken lassen. Diese Wiese ist umgeben von Sumpfgebiet.

Ein Mischwald schirmt sie ab und macht sie für Menschen, die diesen Ort nicht kennen und nicht den Abzweig vom Hauptweg bemerken, zu etwas Unerreichbarem. Mich hat als Kind schon die Neugierde, die Abenteuerlust dorthin getrieben. Bevor ich den Weg beschreite, begrüßt mich eine große Weide. Mutter Natur hat ihr eine große Rasenfläche zugewiesen. Und sie hat diese Chance über die Jahre genutzt, war zu etwas Besonderem herangewachsen. Diese Trauerweide ist für mich jedes Mal wie eine Einladung. Schau dich um, sammle dich, geh ans Wasser und fühle dich dort, in der Natur, zu Hause. Und ich nehme diese Einladung fast jedes Mal auch an. Wenn ich den Pfad, der ans Wasser führt, betrete, liegt links von mir ein schmaler Wasserlauf. Über die Jahreszeiten verändert er sein Aussehen. Im Frühling säumen

Sumpfdotterblumen sein Ufer. Die eine oder andere Ente verirrt sich dorthin, sei es um Nahrung zu finden oder einen Partner. Ist das nicht von Erfolg gekrönt, verlässt der Vogel den schmalen Wasserlauf und schwimmt zurück zum See. Doch jetzt ist das Wasser zu Eis geworden. Das Leben kommt in diesen Zeiten zur Ruhe. Ich streiche mit der rechten Hand den Strauch beiseite, der sich über den Weg gelehnt hatte, erkenne, dass heute noch niemand hier gewesen ist und setze meine Spuren in den über Nacht gefallenen Schnee. Eine stille Sehnsucht zieht mich auf die Halbinsel, zur Wiese, zum Wasser. Im Sommer ist es eine Pracht. Das Grün der Wiese, die tiefvioletten Orchideen, die ihre Blüten zum Himmel recken, alles ist wunderschön anzusehen.

Am See angekommen, nehmen an solchen Tagen meine Ohren das sanfte Plätschern auf, das die Wellen erzeugen, wenn sie auf den Strand auflaufen. Das allein schon lässt die meisten Menschen, die diesen Ort aufsuchen, in Schweigen versinken. Leise geführte Gespräche verstummen. Die Menschen treten, so dicht wie es möglich ist, ans Ufer, schauen über den See, erblicken das Schloss und fangen an zu träumen. Es ist fast schon das Paradies. Nein, es ist das Paradies. Wir brauchen nicht in den Himmel, um das Paradies zu erleben. Wer die Augen öffnet, sich konzentriert auf das Hier, auf das

Jetzt, braucht nicht auf sein Ende zu warten, um das Paradies kennenzulernen. Es ist um uns.

Öffne die Augen, schau aus dem Fenster. Sauge mit einigen tiefen Atemzügen die Umgebung, die Stimmung, die Energie auf, die dich umgibt. Dann weißt du, was ich meine. Tue es einfach. Lass dich durch nichts abhalten. Durch gar nichts. Bringe diesen Mut auf. Und du wirst reich belohnt!

Doch jetzt ist Winter. Alles ist zur Ruhe gekommen. Der See ist, was selten genug vorkommt, in seiner Gänze zugefroren. Das Eis ist vielleicht so dick geworden, das Gewicht nicht nur von Menschen sondern sogar von Autos zu tragen. Und das macht mich mutig und risikobereit. Ich nähere mich dem Ufer, nehme meine Kamera in die Hand, schalte sie an und beginne, die ersten Fotos zu machen. Heute ist ein besonderer Tag, der es mir erlauben wird, eine rote Linie zu überschreiten, der sonst natürliche Grenzen gesetzt sind. Nur im Winter, nur bei diesen Temperaturen, nur bei diesem Eisstand, ist es möglich, die von Morast und Dickicht eingesäumte Wiese zu verlassen, sich in den Wald, auf das zugefrorene Moor zu begeben. Mich treibt der Wunsch, dies alles in unvergesslichen Bildern festzuhalten. Vorsichtig setze ich meinen Fuß vom Wiesenrand in das Sumpfgebiet. In einiger Entfernung erkenne ich Eiszapfen, hochgewachsen wie Gartenzwerge. Die

Sonnenstrahlen brechen sich darin und locken mich tiefer in das Gelände hinein. Unvorsichtig werdend schreite ich kräftiger voran, betrachte das Gelände. Es ist ein einzigartiges Gefühl, das sich einstellt und mich völlig vereinnahmt, so, als wenn man Neuland betritt. Es treibt mich voran. Ich gehe immer tiefer in den Wald, bewege mich jedoch in Ufernähe. Meine Augen scannen immer wieder die Umgebung, prüfen, ob locker hängende Äste von oben auf mich fallen könnten, kontrollieren die Dicke des Eises. Alles geht gut. Der Schnee gibt ein Knirschen von sich, wenn ich voranschreite. Der Wind weht mir ins Gesicht. Das Ufer des Sees ist hier umsäumt mit einem Schilfgürtel. Er legt sich in den Wind, wiegt langsam hin und her. Weiter draußen auf dem See ca. 15 m vom Ufer entfernt sehe ich eine Weide, nicht so schön, nicht so groß wie vorne, am Beginn des Weges. Die Entdeckerlust ist voll ausgebrochen. Ich verlasse das Ufer, betrete den See, der in Ufernähe bis zum Boden durchgefroren ist. Die Perspektive, aus der ich die kleine Schwesternweide sehe, reicht mir nicht. Ich gehe weiter. Ein ungutes Gefühl steigt plötzlich in mir auf. Eine Stimme, von einem leisen Klingeln begleitet, scheint zu rufen: Halt ein!! Doch ich will sie nicht hören, nicht in diesem Moment. So einer kommt vielleicht nie wieder in meinem Leben. Ich will das auskosten. Doch wo ist die Grenze? Wann sollte ich lieber umkehren? Wieder schiebe ich meinen rechten

Fuß weiter hinaus auf das Eis. Windböen hatten Schnee zusammengefegt. Das Eis ist durchsetzt von milchigen Wolken, Einschlüssen von Sauerstoff. Ich gehe wieder weiter. Ich will wenigstens bis auf 5 Meter an die kleine Weide heran, die dort, eingefroren im Eis darauf zu warten scheint, jemandes Beachtung zu bekommen. Ihre Zweige bewegen sich im Wind. So, einen Schritt möchte ich noch gehen. Ich ziehe die Handschuhe aus, stecke sie in meine Jackentasche, angele mir die Kamera, schalte sie ein und beginne, die ersten Fotos zu machen. Plötzlich höre ich ein Knacken hinter mir. Ruckartig schnellt mein Kopf herum. Was war das? Ich blicke in den Wald, sehe, wie dort, etwas weiter hinten, sich eine Schneescholle von einem etwas dickeren Ast gelöst hat und zu Boden stürzt. Mit einem Mal noch ein Krachen direkt neben mir. Ich spüre, wie das Eis nachgibt, will meinen rechten Fuß noch in irgendeine Richtung schieben. Doch es ist zu spät. Er ist bereits durch das Eis gebrochen. Und ich bin hier gute 10 Meter vom Ufer weg. Ich beginne, mich zu maßregeln, spüre leichte Panik in mir aufsteigen. Doch was soll das! Ich sollte schnell handeln, um nicht in eine Situation zu geraten, die ich vielleicht nicht mehr kontrollieren kann. Mein Fuß gerät unter Wasser. Ich spüre die Kälte das rechte Bein hinaufsteigen. Kraftvoll will ich es nach oben ziehen, erhöhe dadurch jedoch den Druck auf das linke Bein. Das Eis bricht. Mein Körper gleitet durch das aufgebrochene Loch hindurch bis zum Unterleib in das Wasser. Einen Moment lang bin ich geschockt, besinne mich jedoch sofort. Was soll ich tun? Wie tief ist es hier? Habe ich eine Chance? Ich wende meinen Kopf, schaue in Richtung Ufer. Mit einem Mal wieder dieses leise Klingeln. Hilfe? Hilfe konnte ich nicht erwarten. Mein Körper wird langsam kalt. Die Kamera hängt um meinen Hals. Ich nehme sie, schleudere sie in Richtung Ufer. Sollte ich das hier nicht überleben, würden wenigstens die Fotos gefunden werden. Das Klingeln wird lauter. Der Wind nimmt zu. Mein Leben zieht in Sequenzen vor meinen Augen vorbei. Ich spüre den Ernst der Situation. Eine ungeahnte Kraft erwacht mit einem Mal in mir und treibt mich. Ich will ans Ufer. Ich will raus aus dem Eis. Ein Gedankenblitz sagt mir: Die kleine Weide ist dichter als das Ufer. Ich schlage das Eis vor mir kaputt. Ich kämpfe mich immer dichter an die Weide heran, die, fest im Seegrund verwurzelt, mir Halt verspricht. Ich höre eine Stimme, die immer wiederholt: Du schaffst das. Du schaffst das!! Los, mach weiter!! Einer ihrer längsten peitschenartigen Äste schien sich mir zuzuneigen. Er streichelt mein Gesicht. Mit der einen Hand ergreife ich ihn, ziehe mich heran. Der Wind lässt nach. Das Läuten von Glocken erfüllt die Luft. Ist es Einbildung? Nein, ich höre es doch deutlich. Mein Blick streicht über das Ufer. Zwischen den Bäumen sehe ich, wie etwas, an ein langes Band gebunden, sich im Wind bewegt. Von daher kommt es. Es ist eine Äolusharfe, benannt nach dem Gott des Windes. Ein Gott, der unsichtbar die Welt beobachtet und sich nur durch das Spielen auf seinem Instrument, der Harfe, den Menschen offenbart. Ich ziehe mich kräftig aus dem Wasser, steige auf die Weide, deren seewärts ausgerichtete Seite starke Äste hat, die mich halten können. Nachdem ich mich etwas ausgeruht habe, bewege ich mich, mobilisiere wieder Kräfte, die ich in mir nie vermutet hätte. Wärme kehrt langsam zurück in meinen Körper. Auf allen vieren krabbelnd, entferne ich mich zuerst ein paar Meter vom durchbrochenen Eis und von der Weide weg. Meine Beine lassen sich noch nicht wieder kontrollieren. Ich schiebe mich langsam auf den Knien in Richtung Ufer, gleichzeitig nach meiner Kamera Ausschau haltend. Als ich sie entdecke, ist mir schon wieder etwas wohler. Nach kurzer Zeit bin ich am Ufer, erhebe mich vorsichtig und bin so froh, wieder stehen zu können. Während ich mit einer langsamen Bewegung meine Kamera ergreife und sie mir um den Hals hängen will, höre ich wieder das Klingeln der Äolusharfe. Ich gehe in den Wald, nähere mich dem Baum, schaue nach oben. Da hängt sie, wer weiß, wie lange schon. Wer hat sie dahingehängt, so hoch oben? Irgendjemand wird einmal den Baum hinaufgeklettert, sie dort angebunden haben. Da sich in diesem Gelände normalerweise niemand bewegt, waren ihre Klänge über die Jahre erzeugt, jedoch ungehört verhallt.

Regungslos stehe ich da, erleichtert, jedoch gefangen von dem Moment. Da visualisiert sich vor mir im Wald etwas, nimmt Konturen an. Ein Körper, nebelartig. Er bewegt sich nicht, will nur wahrgenommen werden. Ich bin allein, sehe nur, wie der Wind sanft die Baumwipfel bewegt. Kein Tier, kein Vogel, nichts weiter da. Nur die Äolusharfe erklingt leise und gleichmäßig. Wer ist das? Ich stehe wie angewurzelt. Doch plötzlich wird mir klar. Mein Schutzengel gibt sich zu erkennen. Er verbirgt bewusst sein Gesicht, doch er zeigt sich mir. Will mir sagen, er ist da für mich und wird mich begleiten und beschützen.

Zweites Kapitel

Der Moment gefror zu Eis. Ich schaute in den Wald. Alles schien so unglaubwürdig. Ich kniff die Augen zusammen, in der Hoffnung, wenn ich sie wieder öffnete, wäre der Spuk vorbei. Doch als ich wieder in den Wald schaute, war der Körper aus Nebel immer noch da. Mir wurde die Sache langsam unheimlich. Doch diese Chance, die Begegnung mit dem eigenen Schutzengel. Einmalig. Und jetzt nahm ich all meinen Mut zusammen. Langsam setzte ich einen Schritt vor den anderen. Mein Blick fixierte das Gesicht. Der Engel rührte sich nicht. Er schien meinen Blick zu erwidern. Oder schien er mich zu erwarten? Tausend Fragen jagten gleichzeitig durch meinen Geist, während ich Schritt für Schritt den Abstand zwischen uns verkürzte. Schon oft hatte ich mir die Frage gestellt. Gibt es da etwas zwischen Himmel und Erde, eine unsichtbare Macht, die das Geschehen auf Erden beobachtet, vielleicht sogar lenkt? Und wenn ja, greift diese Macht in kritischen Momenten auch ein? Oder lässt sie vielleicht alles so laufen, wie es eben läuft, und hofft auf die Einsicht, die Klugheit, die Lernfähigkeit der Menschen? Plötzlich streckte der Engel den rechten Arm nach vorn, kehrte die Handoberfläche nach oben und winkte mich mit den Fingern heran. Es kostete mich Kraft, immer weiter auf ihn zuzugehen. Der Abstand verringerte sich mit jedem Schritt. Und dann stand ich vor ihm. Aus dem Nichts formte sich ein Gesicht. Der Mund war leicht geöffnet, die Nase klein und die Augen schauten mich freundlich an. Es nahm die Konturen eines mir in früheren Tagen sehr vertrauten Menschen an. So erleichterte er es mir, mich auf ihn einzulassen. Nahm mir die Angst, die ich bis vor kurzem noch gespürt hatte. Langsam entspannte sich mein Körper. Konnte der Engel auch reden? Ist es möglich, ihm Fragen zu stellen? Und eine einzige Frage kristallisierte sich heraus: Warum zeigte sich der Engel gerade jetzt?

Plötzlich, nur kurz, nach dem ich die Frage zu Ende gedacht hatte, tauchte in meinem Geist die Antwort auf: „Du fragst, warum ich hier bin und mich gerade jetzt zeige? Du hast heute etwas erlebt, was viele andere schon mit dem Leben bezahlt haben. Und das ist der höchste Preis, den die Menschen zahlen. Und sie zahlen ihn nur einmal. Unumkehrbar befinden sie sich anschließend in der Welt, die mein Zuhause ist. Du hast mit deinem Leben ein gefährliches Spiel getrieben. Ist es das wert? Ich werde dir zeigen, worin der Sinn deines Lebens besteht. Komm näher. Ergreife meine Hand. Gehe mit mir nur ein Stück in der Welt spazieren, die nicht die Welt der Lebenden ist. Und ich hoffe, du verstehst anschließend, welches deine Aufgabe auf der Erde ist. Und um das zu begreifen, musst du nicht dem Tod in die Augen schauen. Du wirst ihm irgendwann, in ferner Zeit, und immer in einem unerwarteten Moment begegnen. Doch auch diese Begegnung brauchst du nicht zu fürchten. Denn unsere Welt ist genau wie eure Welt eine schöne. Und wenn du möchtest, zeige ich sie dir."

Ein leiser Zweifel meldete sich und sagte mir: Das ist noch nicht die ganze Wahrheit, die du eben erfahren hast. Ich schaute dem Engel ins Gesicht, ging näher zu ihm und ergriff seine rechte Hand. Er nahm diese Geste als Einverständnis. Ich spürte von einem Moment zum anderen, dass ich ihm volles Vertrauen entgegenbringen konnte. Es gab nichts, was er nicht von mir wusste. Er kannte mein ganzes Leben. Wir gingen langsam aus dem Wald auf den See hinaus. In dem Moment, wo wir das Eis betraten, spürte meine linke Hand einen sanften Druck, der mir alle Angst nahm. Je weiter wir auf den See hinausgingen, umso höher erhoben wir uns schwerelos in Richtung Himmel. Jedoch nichts beunruhigte mich. Und das Gespräch zwischen uns setzte sich fort, durch den Austausch unserer Gedanken. Mir war klar, jeder Gedanke, jede Frage, die in mir auftauchte, tauchte auch bei ihm auf. Und jede Antwort von ihm würde sofort bei mir auftauchen. Ein lautloser Dialog, nur das Tauschen von Gedanken nahm seinen Anfang. Ich freute mich unbändig darauf.

„Nun fang schon an. Ich sehe tief in dein Inneres. Du hältst es kaum noch aus."

„Das stimmt. Wie soll ich dich nennen? Jetzt, wo ich ein Stück meines Weges mit dir gemeinsam gehe."

„Gib mir einen Namen, der dir gefällt. Mir ist es egal."

„Ich werde dich Esperanza nennen. (span. die Hoffnung). Ich habe schon oft über den Wert der Hoffnung nachgedacht. Es gab schon Tage, an denen ich sie fast verloren hätte. Doch sie ist nie ganz verschwunden. Sie war immer da. Auch wenn ich sie nicht wahrgenommen habe. Sie ist genauso allgegenwärtig wie du. Und deswegen gebe ich dir diesen Namen."

„Eine gute Wahl. Und worüber wollen wir jetzt reden?"

„Ich beginne ganz von vorne. Als ich geboren wurde, hat mich niemand gefragt, ob auch ich das wollte. Aber ich war nun einmal da. Auf mich alleine gestellt und doch wieder nicht. Ich spürte die Liebe und Geborgenheit meiner Mutter in den ersten Jahren und spüre sie bis heute. Von ihr lernte ich sprechen. Das Laufen habe ich mir selber beigebracht. Das ging manchmal nicht ohne den einen oder anderen Sturz ab. Doch ich habe das hinbekommen. Und so wuchs ich heran. Auch mein Vater war für mich da. Er hatte weniger Zeit für mich, bot mir aber in bestimmten Momenten, wo er spürte, mir fehlte die Kraft, eine bestimmte Situation zu bewältigen, seine Hilfe an. Er kam mir immer etwas hartherzig vor. Aber ich glaube, er war das nicht. Er konnte es nur nicht so zeigen, wie ich es mir gewünscht hätte. Doch ich war nicht sein einziger Sohn. Ich hatte in diesen Tagen nicht das Recht, ihn für mich zu vereinnahmen. Das ist mir heute klar. Und wenn ich sein Bild heute in meinen Träumen sehe, weiß ich, er ist immer noch für mich da und schaut nach mir. Und dann waren da noch all die anderen Menschen um mich herum. Als ich klein war, war die Welt für mich noch Eroberung. Tag für Tag erweiterte sich mein Blickwinkel. Es traten Menschen in mein Leben, von denen mir nicht jeder wohlgesonnen war. Ich wollte die Welt entdecken, jeden Tag ein bisschen mehr. Eins hat mich über die Jahre nie verlassen. Die Sehnsucht nach Liebe und Geborgenheit in einer Welt, in der ich nicht immer alles überblicken konnte und bis heute nicht kann. Es wird immer Dinge geben, die vor unseren Augen verborgen bleiben. Und vielleicht ist das auch besser so. Dieser Wunsch, Liebe und Geborgenheit zu erleben, so glaube ich, ist in das Herz eines jeden Menschen eingepflanzt. Und unser Leben lang werden dies die Pfeiler sein, auf die wir uns immer stützen können. Wenn wir heranwachsen, werden wir mit Regeln konfrontiert. Wir prüfen, verwerfen oder nehmen sie an. Und schnell merken wir auch, dass starre Regeln gar nichts nützen. Denn oft läuft das Leben einfach nicht so, wie wir glauben, dass es laufen sollte. Es kommt etwas dazwischen. Wir lernen mit der Zeit, diese Regeln anzupassen, sind flexibel, setzen sie manchmal sogar außer Kraft, weil sie uns scheinbar hemmen, unser Leben nach vorne zu leben. Das Leben selber stellt unsere Regeln auf die Probe und manchmal auch auf den Kopf. Es erklärt sie für untauglich. Wenn wir unsere täglichen Erfahrungen machen, bringen diese uns oft neue Erkenntnisse. Und aus den gemachten Erfahrungen im Abgleich mit den uns vor Augen stehenden Regeln beginnen wir im Laufe der Jahre, jeder für sich und oft auch gemeinsam, uns unsere eigene Lebensphilosophie zusammenzubasteln."

Das alles war einfach aus mir herausgepurzelt. Während wir unseren Spaziergang in Richtung Himmel fortsetzten, wartete ich auf die Antwort von Esperanza. Aus der Höhe konnte ich die Landschaft unter uns aus einer ganz anderen Perspektive wahrnehmen. Als wir unseren Spaziergang begonnen hatten, war noch alles tief verschneit. Eis bedeckte den See. Die Landschaft schien farblos. Der Winter strahlt auch immer etwas Menschenfeindliches aus. So war es mir im Laufe der Jahre immer vorgekommen. Doch mit jedem Schritt, den wir uns von der Erde entfernten, änderte sich die Landschaft. Das Eis schmolz. Der Schnee verschwand. Die Sonne strahlte kraftvoll auf die Erde. Ich sah innerhalb weniger Minuten, wie der Winter sich zurückzog und dem Sommer die Herrschaft überließ. Als ich meinen Kopf wendete und zurückschaute, war die Wiese bereits bedeckt von saftigem Grün. Unter mir kräuselten sich sanft die Wellen auf dem See. Ein warmer Wind streichelte mein Gesicht. Dann vernahm ich die Antwort, auf die ich schon eine Weile gewartet hatte.

„Bevor wir uns mit deinen Fragen auseinandersetzen, muss ich dich mit einer Wahrheit konfrontieren, die dir nicht gefallen wird. Bist du bereit, mir zuzuhören?"

Ein leichter Schreck fuhr durch meinen Körper. Mein Zweifel vorhin hatte mich nicht getrügt. Doch ich nickte zustimmend.

„Du hast den Bogen überspannt. Das Risiko, diese Fotos zu bekommen, war zu hoch. Du hast es nicht überlebt. In den nächsten Tagen wird jemand deinen leblosen Körper und deine Kamera am Ufer des Sees finden. Dann wird sich die Nachricht von deinem Tod verbreiten. Und die Menschen, die dir nahestehen, die dich lieben, werden sich damit auseinandersetzen müssen."

Im ersten Moment verstand ich nicht. Ich war doch da. Ich nahm alles um mich herum wahr. Meine Beine setzten einen Schritt nach dem anderen nach vorne. Mein Kopf senkte sich ruckartig, so, als müsste ich mich unbedingt noch einmal davon überzeugen. Und ich sah meinen Körper.

„Was du siehst", spielte mir Esperanza in Gedanken zu, „ist die Illusion deines verlassenen Körpers. Das machen wir immer so. In Wirklichkeit ist es nur deine nicht mehr durch den Körper eingeengte Seele, die diese Wanderung mit mir unternimmt. Wir nehmen auf diese Weise den Menschen die Angst vor dem Tod. Wir sind beide noch nicht weit gekommen. Und bis jetzt, das spüre ich einfach an deinen Reaktionen, ist es auch nicht unbedingt Angst, die dich erfüllt sondern Neugierde auf das, was kommt."

Ihre Worte sanken tief in mich ein. Mir wurde mehr und mehr klar: Dieser Einbruch in das Eis, meine anschließende Rettung. Alles nur ein Traum. In Wahrheit war mein Körper noch bis an das Ufer gekommen. Dann brach er zusammen und versank in tiefe Ohnmacht. Während dieser Ohnmacht erkannte meine Seele: Dieser Körper ist nicht mehr zu retten. Alle Lebensfunktionen erloschen im Minutentakt. Und so beschloss sie, diesen Körper zu verlassen. Es würde auch ohne ihn gehen. Sie wäre frei und ungebunden. Könnte sich ungehindert im Raum und in der Zeit bewegen. Und es wäre genauso ihre Entscheidung, sich einen neuen Körper zu suchen oder eben nicht. Unfassbar. Und dieser Moment schloss der Seele das Tor zur anderen Welt auf. Von mir völlig unbemerkt. Nur dadurch war es mir möglich geworden, so, als wäre es das Selbstverständlichste von der Welt, Kontakt mit meinem Schutzengel aufzunehmen. Das also war meine momentane Situation. Ich hatte einfach die Seiten gewechselt. Und wenn es mir Esperanza nicht so deutlich gesagt hätte, hätte ich es noch nicht einmal gemerkt. Alles war unumkehrbar. Daran musste ich mich wohl jetzt gewöhnen. Die Tragweite war für mich gedanklich überhaupt nicht zu fassen. In diese Dimensionen hatte sich mein Geist nie vorgewagt. Warum auch? Die Lebenden bewegen sich in ihrer Welt. Sie streifen den Tod gedanklich höchst ungern. Und wenn er ihnen begegnet, ruft er ein mulmiges Gefühl hervor, das sie nicht mögen. Sie schütteln es möglichst schnell ab und wenden sich wieder dem Leben zu. Sie stellen sich Aufgaben, peilen Ziele an, gewinnen Freude aus Erfolgen. Und so soll es auch sein. Das Leben ist eine schöne Wanderung durch die Zeit. Sie beginnt mit der Geburt. Die meisten sind sich darüber im Klaren, dass mit diesem Start auch der „Zieleinlauf" vorprogrammiert ist. Doch die wenigsten wissen: Diese Wanderung hat kein Ende. Es ist eine Reise durch die Unendlichkeit. Und an diesem Punkt befand ich mich gerade.

Es hatte einfach nur eine neue Etappe begonnen. Und mit dem Wechsel auf die andere Seite verband sich untrüglich etwas, was mir solange ich lebte, schon immer schwer gefallen war, zu akzeptieren. Im Laufe der Jahre hatte sich ein großer Berg an Erinnerungen, schönen wie schlechten, angesammelt. Sie lagen gut sortiert und immer noch abrufbar in den

Schubfächern meines Geistes. Alles war zu jeder Sekunde griffbereit. Jede Erinnerung war auch immer mit dem entsprechenden Gefühl verbunden. Der entscheidende Punkt war, wollte ich nicht daran zerbrechen, diese Erinnerungen loszulassen. In der jetzigen Phase meines Daseins gab es niemanden mehr, mit dem ich sie austauschen und hochhalten könnte. Ich musste ganz klar den Blick nach vorne richten. Doch bevor ich das konnte, wollte ich noch einmal ein Resümee ziehen.

„Was meinst du, Esperanza? Macht es für mich Sinn, noch in den Gefilden der Vergangenheit zu schweifen? Kann es mir vielleicht Kraft geben?"

„Nein, es macht keinen Sinn. Jetzt nicht mehr. Daran hättest du früher denken sollen. Doch eines ist gewiss: Die Menschen, mit denen du gelebt hast, die dir eng verbunden waren, die du geliebt hast, jeden auf seine Weise und jeden so, wie er es verdiente, diese Menschen haben dieselben Erinnerungen abgespeichert, ihre Erlebnisse mit dir und die damit verbundenen Gefühle. Es bleibt alles in der Welt. Nur eines ist nicht mehr möglich. Das du dich mit diesen Menschen noch austauschen kannst. Sie stehen genau vor derselben schwierigen Aufgabe, vor der du stehst. LOSZULASSEN. Also tu es einfach. Sie müssen es auch tun. Es bleibt keine Wahl.

Bleibe im Hier und Jetzt und richte deinen Blick nach vorne. Doch bevor du in dir die Kraft zum Loslassen gewinnst, werden wir gemeinsam zurückschauen. Wer voller Energie in die Zukunft schreiten will, sollte seine Vergangenheit gut sortiert und bewältigt haben. Erst dann, wenn alles richtig bewertet wurde, fällt es leicht, einen Haken dahinter zu machen und es im Sumpf der Ewigkeit versinken zu lassen."

Esperanza ließ mir keine Zeit, in Gedanken zu versinken. Wir gingen weiter. Die Wiese und der See wurden immer kleiner. Wir kamen den Wolken immer näher. Doch alles war immer noch schön. Mir wurde der Wechsel in eine andere Welt immer mehr bewusst. Es tat nicht weh. Ab und zu spürte ich den Händedruck Esperanzas. Ich wusste: Sie wollte mir die Angst nehmen. Die Angst, die sich ausbreitet, wenn du nicht weißt, wie es weiter geht. Wenn du plötzlich keinen Plan mehr hast. Und sie schaffte es. Wir näherten uns einer großen Wolke. In mir breitete sich eine Leichtigkeit aus wie ich sie noch nie kennengelernt hatte. Das, was wir empfinden, wenn wir eine große Last abgeschüttelt haben. Das, was ich verloren hatte, war mein Leben. Doch irgendwie passte das nicht zusammen. Mein Leben war doch nicht nur Last gewesen. Last und Lust hatten sich bei mir immer in die Arme genommen. Jedes hatte seine Rolle in dem Ausmaß spielen dürfen, wie ich es ihm zugestanden hatte. Das Leben im Fazit als Last zu empfinden, dieses Urteil war zu hart und unangemessen. Wir betraten den Wolkenrand. Ich sah vor uns eine Bank auftauchen. Gerade groß genug für Esperanza und mich. Nachdem wir Platz genommen hatten, zeichnete sie ein großes Rechteck vor uns in die Luft. Ein Bildschirm baute sich auf. Einen Moment später zeigten sich die ersten Bilder. Und plötzlich eröffnete mir Esperanza einen Blick auf mein Leben in seiner Gesamtheit. Zeit spielt keine Rolle. Sie erklärte mir, meinen Lebensfilm zeigen zu können, der beliebig in der Zeit springen konnte. Und ich würde auch sehen können, wie das Leben weitergeht, jedoch ohne mich.

„Können wir beginnen? Was möchtest du sehen? Was interessiert dich? Willst du vielleicht noch einmal in bestimmte Situationen hineinspringen, in denen du dich besonders wohl gefühlt hast? Oder vielleicht noch irgendjemandem die Meinung sagen, von dem du dich schäbig behandelt gefühlt hast? Du hast jetzt die Wahl."

Knallhart sollte ich mich meiner Vergangenheit stellen. Meine Augen schauten auf den Bildschirm, auf dem sich noch nichts tat. Mein Kopf wendete sich zur Seite. Ich schaute Esperanza an. Völlig ratlos. Was sollte ich tun?

„Glaub ja nicht, dass wir das hier abbrechen!" bauten sich ihre Worte in mir auf. „Es war eigentlich falsch, was ich sagte. Du hast keine Wahl. Du musst deine Geschichte, dein Leben, so wie es war, annehmen. Du kannst jetzt nicht einfach feige die Augen verschließen und dich davon stehlen wollen. Das geht nicht. Ist dir das klar?"

Sie hatte Recht. Das, was war, steht unabänderlich geschrieben.

„Also gut. Zeig mir Bilder aus meiner Kindheit."

Der Bildschirm flackerte kurz. Dann sah ich eine Straße. Autos fuhren auf ihr. Den Straßenrand säumte ein Bürgersteig. Und neben dem Bürgersteig war eine kleine Wiese. Auf diese Wiese befand sich eine Sandkiste. Sie war recht einfach gebaut. Vier Bretter waren im Quadrat zusammengesetzt und zäunten einen kleinen Bereich ein. Jemand hatte dort eine Fuhre Sand hineingetan und gleichmäßig verteilt. In diesem Sand sah ich drei kleine Jungen sitzen. Ich musste zweimal schauen. Einer von den dreien war ich. Ich hatte eine Plastikform in der einen und eine Schüppe in der anderen Hand. In stoischer Ruhe füllte ich mit der Schüppe Sand in die Plastikform, bis sie voll war. Anschließend legte ich die Schüppe weg, übergab die Form in die rechte Hand, stülpte diese auf den Boden um. Ein kleiner Sandkuchen war zu sehen. Und ich freute mich, weil es

35

mir so gut gelungen war. Mit einem Mal wendete sich mein Blick nach rechts. Ich sah einen älteren Mann. Er trug einen Hut und einen langen schwarzen Mantel. Unsere Blicke trafen sich für einen Moment. Dann ging der Mann weiter. Jahre später erfuhr ich von meiner Mutter, er wäre ihr Onkel gewesen und er hätte zu einem Besuch vorbeigeschaut. Ich wendete mich wieder meinem Spiel zu. Dann war die Szene zu Ende.

„Kannst du dich daran noch erinnert?" fragte Esperanza.

Ich schluckte, war tief beeindruckt.

„Ja", gab ich zurück. „Ich weiß es noch. Es ist die älteste Erinnerung in meinem Leben. Darauf hat sich alles andere aufgebaut. Tag für Tag, Monat für Monat, Jahr für Jahr. Esperanza, ich spüre bereits jetzt, es wird mir nichts bringen, die Vergangenheit zu rekapitulieren. Sicher. Es gab in meinem wie in jedem anderen Leben sowohl schöne als auch hässliche Momente. Es macht keinen Sinn, sie zurückzuholen. Die Glücksmomente waren herzzerreißend schön. Und andere Momente waren geprägt von Respektlosigkeit. Immer, wenn die eigene Seele sich getreten fühlt, meint sie, sich wehren zu müssen. Aber was bringt es, die schönen gegen die hässlichen Momente abzuwägen. NICHTS. Es ist einzig die Erfahrung, die wir aus jeder Situation mitnehmen. Immer wieder sind wir den

Unwägbarkeiten ausgesetzt. Und oft genug merken wir, Pläne zu machen ist schön und wirkt unheimlich beruhigend. Und doch folgt das Spiel des Lebens oft einem fast undurchschaubaren Konzept. Wie von heimlicher Hand gelenkt fügt sich am Ende oft alles in klare Strukturen. Gute Absichten setzen sich durch. Hinterhältigkeit wird enttarnt und gebrandmarkt. Das Erreichen von Harmonie ist oft das Ziel, das sich nur allzu schwer und unter Überwindung großer Hindernisse durchsetzen lässt. Doch wenn es dann geschafft ist. Hurra!!"

Esperanza und ich, wir hatten gerade erst dieses Spiel begonnen. Ich zeig' dir was, du sagst mir was. Und schon zu Beginn brachen sich Erkenntnisse Bahn, die offensichtlich sind, jedoch für mich zu Lebzeiten hinter einem undurchsichtigen Schleier verborgen und nicht zu sehen waren. Oft hatte ich mit mir gehadert. Selbstzweifel hefteten sich in solchen Momenten an meine Beine, nahmen mir die Kraft zum Vorwärtsschreiten und zwangen mich oft in einen von mir ungewollten Stillstand. Doch jetzt begannen sich die Puzzlestücke meines Lebens neu zu sortieren. Sicher braucht es manchmal Jahre, um bestimmte Bilder des Lebens in einem anderen Licht zu sehen. Warum nur dauert das solange? Und dann wieder geht es blitzschnell. Obwohl die Sonne sich täglich am Himmel zeigt, die Welt sich uns anbietet und wir einfach nur loszugehen brauchen, ist es oft das Nichtgreifbare, das Nichtsichtbare, das uns hemmt und zurückhält. Wie oft kommt von Freunden dann der gutgemeinte Ratschlag: „Schalte einfach mal ab! Sei nicht so kopflastig. Entschleunige dich." Und in diesem Moment merken wir wieder einmal: Es sind nur Gedanken, das Ergebnis der Arbeit unseres Geistes, die uns im Weg stehen und die wir einfach nur beiseite räumen müssen, wenn wir es denn schaffen. Diese innere Kraft aufzubringen ist eine fast täglich vor uns stehende Herausforderung. Und jeder ist gefordert, seinen Weg zu finden, sie zu meistern.

Mit einem verstohlenen Seitenblick nahm ich wahr, wie Esperanza sich um den Bildschirm kümmerte. Eine andere Szene zeigte sich. Diesmal von Karina, die ich, wie mir nun schmerzhaft bewusst wurde, alleine zurückgelassen hatte.

„Sie weiß es noch nicht", tauchten Esperanzas Worte auf. „Woher auch. Hast du wenigstens eine Nachricht hinterlassen, was du heute vorhast? An einem sichtbaren Platz?"

„Ja, hab` ich" flocht ich beschwichtigend ein und wirkte so ihren vorwurfsvollen Worten entgegen.

„Du hättest es auch durchaus vergessen können. Aber lassen wir das."

Drittes Kapitel

Windböen hatten den Schnee zu einer Wehe zusammengetragen, die vor der Wohnungstür lag und schon nach dem Öffnen der Laubengangtür deutlich sichtbar war. Karina nestelte den Wohnungsschlüssel heraus, während sie gleichzeitig mit dem rechten Fuß den Schnee etwas zur Seite schob, um sich die Schuhe wenigstens etwas auf der Matte abtreten zu können. Er hätte ruhig schon mal Schneefegen können. Stattdessen ist er sicher wieder unterwegs, ging es ihr durch den Kopf, als sie die Wohnung betrat. Er hat sich auch den ganzen Tag nicht gemeldet. Anrufen wäre doch sicher möglich gewesen. Wenigstens einmal. Sie stöhnte kurz in sich hinein. Wieviel Zeit und intensive Gespräche es sie gekostet hatte, ihm nahezubringen, wenigstens eine kurze Nachricht zu hinterlegen, damit sie wüsste, wo er wäre. Er hatte lange gebraucht, sich in ihre Gefühle hinein zu spüren und war von der Dramatik in ihren oft eskalierenden Gesprächen manchmal sichtlich überfordert. Wahrscheinlich tickt ein Großteil der Männer wirklich anders auf der emotionalen Ebene. Sie konnte doch auch nichts dagegen tun, wenn tief aus ihrem Inneren die Angstdämonen hervorkrabbelten und sie mit Visionen überfielen, die ihr fast die Luft zum Atmen nahmen. Und je länger es damals dauerte, bis sie wusste, wo er steckte, umso schlimmer wurde es. Eines Tages wandelte sich sein Einfühlungsvermögen spürbar. Wie glücklich war sie, als der erste Zettel auftauchte, in den sie die sonst aufkeimende Ungewissheit einwickeln konnte wie ein ungeliebtes Geschenk. Diese Art von Geschenken mochte sie nicht. Doch die Verpackung (die Nachricht) wirkte beruhigend und entspannend. Und so etwas wollte sie im Moment finden, bitte so schnell wie möglich.

„Bin fotografieren, am Franzosenweg in Schlossnähe".

Eine kleine Sonne und der Spitzname, den sie ihm vor Jahren gegeben hatte, ergänzten die Nachricht, die sie in der Küche neben dem Wasserkocher vorfand. Das wirkte ungemein beruhigend. Schon während der Straßenbahnfahrt, die immerhin täglich 20 Minuten dauerte, hatte sie sich ein kleines Feierabendprogramm zurechtgelegt. Nun begann sie es, nicht ohne noch einen Blick auf die Uhr und aus dem Fenster zu werfen, umzusetzen. Es war halb fünf. Sie beschloss, noch eine Stunde abzuwarten. Soviel Zeit wollte sie Torben geben. Denn eine Stunde, solange, wusste sie erfahrungsgemäß, würde es dauern, bis die ersten unbequemen Fragen herankrabbeln und sie nicht mehr in Ruhe lassen würden.

Viertes Kapitel

„Ja, Torben, schau hin. So geht es deiner Karina im Moment. Sie ist unsicher, kann die Situation nicht einschätzen, lenkt sich ab mit Hausarbeit und hat eigentlich nur eines, Sehnsucht nach dir. Verstehst du, was ich dir sagen will?"

Ein Wasserfilm legte sich über meine Augen, den ich durch den Niederschlag der Lider beseitigte. Ich fühlte mich sehr unwohl. Doch plötzlich kehrte sich dieses Unwohlsein um in einen leise aufkeimenden Zorn.

„Was soll das? Warum machst du mir Vorwürfe? Jetzt, wo sowieso nichts mehr zu ändern ist?"

„Torben, versteh` das richtig. Das sind keine Vorwürfe. Ich führe dir nur vor Augen, was sich gerade abspielt, während du bei mir bist. Das Unsichtbare, die Gefühle der Menschen füreinander, sind die Fäden, aus denen der Mantel gewebt ist, in den sich alle Menschen wohlig kuscheln möchten. Du hast ein kleines Loch hineingerissen. Doch der Mantel in seiner Gänze ist unzerstörbar. Weißt du jetzt, was ich meine?"

Ich sah Esperanza in die Augen. Mir wurde plötzlich klar, wie unsicher und enttäuscht sich Karina fühlen musste. Je länger es dauerte, bis sie Nachricht darüber erhielt, wie es mir im Moment geht, desto mehr würde sie leiden. Ihre Gefühle zu

41

kontrollieren würde ihr mit der Zeit immer schwerer fallen und ihre Liebe zu mir würde sich umwandeln in leisen Zorn, warum ich ihr das antue. Und das auch noch völlig berechtigt. Doch so verantwortungslos mein Handeln auch gewesen war. Meine Einsicht kam wahrscheinlich zu spät.

„Torben, es ist noch nicht zu Ende."

Fünftes Kapitel

Der Stundenzeiger näherte sich der sechs, kroch langsam über sie hinaus. Karina nahm den letzten Schluck Tee aus der Tasse, stellte sie ab und nahm das Telefon in die Hand. Sie beschloss, zuerst seinen besten Freund anzurufen. Wenn jemand wissen könnte, was Torben passiert sein könnte, wäre es Wolfgang. Der Ruf ging raus. Auf der anderen Seite klingelte es mehr als dreißig Sekunden, als der Hörer abgenommen wurde.

„Ja, bitte."

„Hallo Wolfgang. Hier ist Karina."

„Schön, dass du anrufst. Ist irgendwas passiert?"

„Ja, ich bin ziemlich aufgelöst. Torben hat mir einen Zettel hingelegt, er ist am Franzosenweg fotografieren. Er wollte vor zwei Stunden zu Hause sein. Jetzt ist es schon dunkel. Ich mache mir langsam Gedanken, ob ihm was passiert sein könnte. Weißt du was? Hat er sich vielleicht bei dir gemeldet?"

„Nein, wir haben jetzt schon eine ganze Weile nicht mehr miteinander telefoniert oder uns getroffen. Weißt du, Karina. Ich kann mir eigentlich nur eines vorstellen. Wenn Torben am Franzosenweg unterwegs ist, hält er sich am liebsten bei Adebors Näs auf. Vielleicht hilft dir das weiter. Und noch eins, solltest du genaueres erfahren. Informiere mich bitte, Karina?"

„Ich danke dir, Wolfgang. Ich geb` dir natürlich Bescheid."

Sie beendete das Gespräch. Ihre innere Unruhe nahm immer mehr zu. Der Magen begann zu Schmerzen. Was sollte sie tun? Polizei anrufen? Ja, Polizei anrufen!!!

Sie wählte die 110. Es klingelte einige Male, bis jemand den Hörer abhob.

„Polizeimeister Engelhardt. Wie kann ich Ihnen helfen?"

„Hallo, mein Name ist Karina Kanupke. Ich vermisse meinen Mann." Sie war so aufgeregt, dass ihre Stimme für einen Moment versagte.

„Frau Kanupke, atmen Sie erst einmal tief durch. Und dann erzählen Sie mir genau, was passiert ist."

Karina setzte noch einmal an.

„Mein Mann. Ich vermisse meinen Mann. Er hat heute frei. Als ich am späten Nachmittag von der Arbeit kam, fand ich einen Zettel mit der Nachricht, dass er am See unterwegs und fotografieren wäre. Das macht er öfter. Doch sonst ist er immer spätestens bei Einbruch der Dunkelheit zu Hause. Heute ist es anders. Es ist schon seit gut drei Stunden stockfinster. Und ich habe ein ungutes Gefühl, ihm ist etwas passiert. Bitte helfen Sie mir. Er hat mir nur mitgeteilt, er wäre am Franzosenweg unterwegs. Und er hält sich auch gerne auf der Halbinsel Adebors Näs auf. Mehr weiß ich nicht. Wie gesagt, es ist dunkel und ich habe Angst, mich alleine auf die Suche zu machen."

„Beruhigen Sie sich, Frau Kanupke. Ich werde einen Streifenwagen losschicken. Geben Sie mir bitte ihre Telefonnummer. Sobald wir etwas wissen, melden wir uns."

Karina gab dem Polizeimeister die Telefonnummer, legte anschließend den Hörer auf. Sie wusste, mehr konnte sie im Moment nicht tun. Sie setzte sich in die Wohnstube auf den Sessel, nahm ein Schluck von dem lauwarmen Tee, den sie sich aufgebrüht hatte. Tränen begannen ihr über das Gesicht zu rinnen. Sie schluchzte einige Zeit vor sich hin, bis der innere Druck nachließ. Und jetzt konnte sie nur noch abwarten. Hoffentlich dauerte es nicht zu lange, bis sie von der Polizei

Nachricht erhielt. Diese Ungewissheit machte ihr am meisten zu schaffen. Egal, was passiert wäre. Und sie rechnete schon mit dem Schlimmsten. Sie würde alles akzeptieren. Aber diese Ungewissheit kam ihr vor wie ein großes schwarzes Tuch, das von oben auf sie herabschwebte, sie einhüllte und ihr die Luft zum Atmen nahm. Das einzige, was half, war Ablenkung. Sie schaltete den Fernseher an, suchte sich eine Sendung, die ihr Interesse weckte und zwang sich, unbeirrbar den Stimmen, den Worten zu folgen, die zu ihr drangen. Sie atmete einige Male tief durch, um die Anspannung zu lösen. Sehnsuchtsvoll schaute sie zum Telefon, hoffte, dass es nicht so lange dauern würde, bis ein erlösendes Klingeln ertönte.

Sechstes Kapitel

Polizeimeister Engelhardt informierte sofort zwei seiner Kollegen über den Anruf. Bevor sie in den Wagen stiegen, schüttete Manfred noch schnell den letzten Schluck Kaffee, der schon stark abgekühlt war, hinunter, zog sich seine Jacke über und verließ die Wache über die Hintertür in Richtung Parkplatz. Wilfried ließ sich von dem Kollegen, der den Notruf entgegen genommen hatte, noch letzte Informationen geben und folgte ihm. Während Manfred schon im Auto saß, es gestartet hatte und noch einmal die Scheibenwischer über die beschlagene

Frontscheibe gleiten ließ, öffnete Wilfried die Beifahrertür, ließ sich in den Sitz fallen und schlug die Tür zu. Sie fuhren los. Es war gegen halb acht und die Straßen, die sie entlang mussten, kaum befahren.

„Schon wieder so eine überbesorgte Ehefrau, die ihren Mann vermisst und deswegen schon nach kurzer Zeit beginnt, die Welt um sich herum verrückt zu machen, Manfred."

„Ich weiß, dafür konntest du noch nie Verständnis entwickeln", entgegnete er, schaltete den Blinker an und fuhr, die Schleifmühle rechts liegen lassend, die Straße hinunter. Nach einem kurzen Schwenk nach links erreichten sie die gegenüber dem Kindergarten liegende Einfahrt zum Franzosenweg, der sich von dort aus das ganze Westufer des Sees entlang bis nach Zippendorf schlängelt. Manfred stoppte das Fahrzeug, um sich mit Wilfried noch einmal abzusprechen. Waren sie erst einmal auf dem Franzosenweg unterwegs, war sowieso ihre ganze Konzentration gefragt. Dann konnten sie sich nicht mehr gegenseitig durch Fragen ablenken.

„Du, Engelhardt hat mich noch mal kurz informiert. Der Vermisste hält sich gerne im Bereich der Halbinsel Adebors Näs auf. Ich denke, dort sollten wir zuerst nachschauen, bevor wir umsonst den ganzen Weg nach Zippendorf abfahren. Was meinst du?"

„Vollkommen in Ordnung, Wilfried. Wir haben keine Zeit zu verschwenden. Und ich hab` auch keine Lust, mich den ganzen Abend bei diesen Temperaturen am See herumzutreiben. Wir wollen doch schnell zu Ergebnissen kommen."

Dann ging es los. Er schwenkte auf den Franzosenweg ein. Sie fuhren im Schritttempo, schauten angespannt nach links und rechts. Jeder kontrollierte aufmerksam seine Seite. Wilfried checkte noch mal kurz die Ausrüstung, testete die zwei Taschenlampen, die sie mit Sicherheit brauchen würden. Der Schnee knirschte unter dem Fahrzeug. Die Lichtkegel tasteten sich Meter für Meter den Weg entlang. Die sehr spärlich angeordneten Straßenlaternen erfüllten kaum ihren Zweck. Sie beleuchteten den Weg kaum. Und sowieso war selten noch jemand dort unterwegs, sobald die Nacht ihren manchmal sternenbestickten Mantel über den See, seine Ufer und über die Stadt ausgebreitet hatte. Ihnen fiel nichts auf, so angestrengt sie auch ihre Augen über die Wiesen, Sträucher und Bäume seitlich des Weges gleiten ließen. Schon nach kurzer Zeit entdeckten sie den für Ortsfremde kaum erkennbaren Seitenweg. Manfred stoppte das Fahrzeug. Sie griffen sich beide eine Taschenlampe, verließen das Auto und machten sich auf den Weg. Hintereinander betraten sie den schmalen Pfad. Der Schnee ließ alles nicht ganz so dunkel erscheinen. Doch je weiter sie dem Schein ihrer Taschenlampen folgten und immer tiefer in den Wald in Richtung See gingen, umso mulmiger wurde den beiden. Sie sprachen nicht miteinander, folgten einfach nur dem Weg. Vor sich entdeckten sie Spuren, deren Alter sie nicht einschätzen konnten. Links neben sich erkannten sie den vereisten Wasserlauf, der zum See führte. So näherten sie sich langsam der Wiese. Wilfried hielt sich kurz hinter Manfred. Sie erreichten den Wiesenrand. Plötzlich legte Wilfried seine Hand auf Manfreds Schulter. Der zuckte zusammen.

„Sag`mal. Tickst du nicht richtig?"

„Da war was. Ich hab` was gesehen."

„Was hast du gesehen?"

„Dahinten auf der Wiese. Guck doch mal."

Beide schauten angestrengt in Richtung des Seeufers. Nebelschwaden standen über der Wiese, je dichter am Wasser umso undurchschaubarer. Ein sanft aufkommender Wind zerteilte die Nebelwolke in einzelne Kegel, die scheinbar auf sie zu tanzten. Alles schien einem unerkannten Rhythmus zu folgen. So als ob eine Kraft wirkte, die sie vertreiben und verhindern wollte, dass sie irgendein Geheimnis, das für immer im Verborgenen ruhen sollte, aufdeckten. Kalter Wind wehte ihnen ins Gesicht. Sie schienen in der Position, in der sie sich befanden, wie eingefroren. Langsam richteten sich die Nackenhaare auf. Eiseskälte suchte sich über die Hände den Weg in ihre Körper, kroch langsam unter der Haut entlang in Richtung Herz und startete den Versuch, sie zu lähmen und sie zum Umkehren zu bewegen. Manfred war der Erste, der seine Fassung wiederfand.

„Ich geh` hier keinen Schritt mehr. Komm` lass` uns umkehren."

„Geht nicht. Siehst du nicht die Spuren. Die führen hier weiter. Wir müssen ihnen folgen."

„Nein, kein Schritt mehr. Ich kehr` um. Du kannst ja weitergehen, wenn du willst."

„Mach` ich auch. Und du wartest hier. Verstanden?"

Ohne die Antwort abzuwarten, folgte Wilfried weiter dem Weg zum See. Immer den Spuren nach. Er wollte wissen, wo sie endeten. Erst dann würde er umkehren. Ansonsten hätten sie sich den Weg hierher auch ganz sparen können und wären am Abzweig vorne einfach weitergefahren. Das ging nicht. Langsam wurde ihm klar, wie sich die Ehefrau fühlen musste. Sie kannte bestimmt die Gegend hier. Aber wahrscheinlich nur bei Tageslicht. Sie wusste um die Düsternis und Unheimlichkeit, die dieser Ort bei Nacht ausstrahlte. Das war es, was ihr Angst einjagte. Angst, ihrem Mann könnte etwas passiert sein. Angst, er gerät in eine Situation, die er nicht mehr kontrollieren kann. Angst, ihm könnte etwas widerfahren, das er nicht überlebt. Jetzt war ihm das klar. Und das motivierte Wilfried, einen Schritt vor den anderen zu setzen. Immer weiter. Manfred beobachtete seinen Kollegen, der sich immer weiter von ihm entfernte. „Ich kann ihn nicht alleine lassen", dachte er bei sich. Er ging ihm nach. Er trat bewusst und mit Kraft in den verharschten Schnee. Wilfried sollte, da er sich auf den Weg konzentrierte und sich nicht umdrehte, ihn wenigsten hören. Einige Sekunden später war er hinter ihm. Sein Kollege drehte sich kurz um. Sie schauten sich einen Moment lang in die Augen, nickten sich kurz zu und gingen zusammen weiter. Die Spuren waren noch gut zu erkennen. Sie erreichten das Ufer des Sees. Der See war aufgrund der Temperaturen in den letzten Wochen zugefroren. Das war auch für die Einheimischen nicht unbedingt normal. Denn der See gefror nur in Wintern, die sich durch Schneereichtum und langanhaltende Kälteperioden bei sehr tiefen Minusgraden auszeichneten. Beide schauten sich um. Die Nebelkegel tanzten weiter über die Wiese. Sie hatten sich beide an den Anblick gewöhnt. Die Spuren bogen nach rechts ab in Richtung Wald. Sie gingen weiter. Sie wollten und mussten das hier durchziehen. Es gab kein Zurück. Am Waldrand angekommen, zögerten sie, aber nur kurz. Plötzlich hörten sie ein leises Klimpern, das aus dem Wald heraus in ihre Ohren drang. Wieder suchten sich für einen Moment ihre Blicke. Was war das? Wo kam das her? Sie hatten einfach nicht die Zeit, sich darüber Gedanken zu machen. Und sie wollten sich auch nicht mehr aufhalten lassen. Sie bündelten die Lichtkegel ihrer Taschenlampen, leuchteten ins Dickicht und erkannten, dass sie es bald geschafft hatten.

„Pass` auf, Wilfried. Wir gehen jetzt hier die nächsten zwanzig bis dreißig Meter weiter. Das ist alles zugefroren. Da passiert uns nichts. Dahinten kommen wir wieder ans Ufer. Wir werden ein paar Meter aufs Eis gehen und den See in alle Richtungen ableuchten. Entweder wir finden etwas oder eben nicht. Jedenfalls sagen die Spuren eindeutig, dass hier jemand in den Wald gegangen ist. Und wir wissen im Moment nicht, ob dieser Jemand den Wald wieder verlassen hat. Das müssen wir doch überprüfen. Oder?"

Wilfried nickte ihm zu. Sie gingen weiter. Der Schnee knirschte laut unter ihren Stiefeln. Sie stiegen vorsichtig über Äste, die sich ihnen in den Weg gelegt hatten. Das leise Klimpern aus dem Wald hörte nicht auf. Was immer es auch zu bedeuten hatte. Die beiden folgten ihrem Plan. Das Licht der Taschenlampen erreichte das Eis. Kurze Zeit später auch sie.

Vorsichtig betraten sie das Eis, erkannten weiter draußen einen eingefrorenen Baum. Seine blattleeren Äste schwankten kaum erkennbar im sanft aber stetig wehenden Wind. Sie setzten einen Fuß vor den anderen, gingen in Richtung des Baumes und leuchteten permanent das Eis in alle Richtungen ab. Sie hatten wenig Hoffnung, hier etwas zu finden und waren in Gedanken schon auf dem Rückweg. Die ständige Anspannung weniger ihres Körpers als mehr ihres Geistes hatte an ihnen gezerrt. Das Klimpern, das sie seit einigen Minuten im Ohr hatten, schwoll auf einmal an, wurde lauter. Dann hörte es auf. Sie hörten im Wald etwas mit einem Ruck zu Boden fallen. Dann war es still. Jetzt wehte nur noch der Wind. Er trieb den Nebel auseinander. Doch der auftauchende Sternenhimmel gab ihnen auch nicht den Schub an Mut und Motivation, den sie im Moment so dringend gebraucht hätten. Plötzlich streichelten die Lichtkegel ihrer Taschenlampen etwas, was sie dort niemals vermutet hätten. Eine schwarze unförmige Masse, die sich nicht bewegte. War das die Person, die sie suchten? Sie hatten ja nicht einmal ein Foto des Mannes gesehen. Sie wussten nur: männlich, Alter um die 50. Mehr nicht. Langsam näherten sie sich der Masse. Je dichter sie kamen, umso besser zeichneten sich die Konturen ab. Sie erkannten einen zusammengekauert und auf der Seite liegenden Mann. Das Gesicht war noch abgewandt. Sie drehten ihn gemeinsam auf den Rücken. Ein Schreck durchfuhr sie. Der Mann hatte die Augen auf. Schaute sie an. Nein, er schaute durch sie hindurch. So, als würde er aus einer anderen Welt zu ihnen herüberblicken, sie aber nicht erkennen. Völlig abwesend. Wilfried legte zwei Finger an den Hals des Mannes.

„Er lebt noch. Er hat noch Puls. Das ist doch kaum zu glauben."

Neben dem Mann lag ein in einer Kunststofftasche verpackter Fotoapparat. Manfred hob ihn auf, schob den Tragegurt über seinen Kopf auf die Schulter. Jetzt mussten sie zusehen, wie sie den Mann bis zu ihrem Auto bekamen. Einen Krankenwagen oder Hubschrauber anzufordern machte keinen Sinn bei dem Gelände, in dem sie sich befanden. Die Leitstelle wollten sie erst informieren, nachdem sie ihr Fahrzeug wieder erreicht hatten. Weg hier aus dem Wald und von der Wiese. Und das so schnell wie möglich. Sie versuchten noch, ihm die Augen zu schließen. Der erste Versuch misslang. Also griffen sie sich beide einen Arm, hoben ihn hoch. Vorher hatten sie die Taschenlampen so an ihrer Jacke befestigt, dass der Weg vor ihnen beleuchtet sein würde, selbst wenn der Lichtkegel schwankte. Sie mussten wenigstens ungefähr den Weg über das Eis zurück ans Ufer, durch den Wald und dann über die Wiese erkennen. Dann kam noch einmal ein Stück Waldweg. Und endlich würden sie hoffentlich ihr Fahrzeug vorfinden, das sie dort geparkt hatten. Sie legten sich beide einen Arm des Mannes über die Schulter, hielten diesen mit der einen Hand und griffen dem Mann unterhalb der Winterjacke in den Gürtel, um ihn so hoch wie möglich heben zu können. Seine am Boden schleifenden Beine würden den Rückweg zum Franzosenweg beschwerlich genug machen. Sie gingen los. Froh darüber, vom Eis runter und aus dem Wald heraus zu kommen. Sie konzentrierten sich jetzt darauf, zum Polizeiwagen zu kommen. Alles andere würde sich über Funk klären lassen, wenn sie den Mann erst einmal im Auto hatten.

Siebentes Kapitel

Esperanza stoppte das Bild. Für Torben fühlte sich alles so unwirklich an. Es war ihm schon bewusst, dass es um ihn ging. Das Leben auf der Erde lief weiter OHNE ihn. Warum auch nicht. Gleichzeitig kam er sich vor wie ihm Kino. Zum anderen merkte er, wie unsicher er plötzlich in seinen Emotionen wurde. Das ganze schien ihn weniger zu berühren, als er erwartet hätte, so als wäre sein irdisches Leben bereits vorbei, aber der emotionale Strang noch nicht vollständig gekappt. Er hatte beobachtet, wie es Karina ging, konnte zuschauen, wie die Polizisten sich um seinen Körper kümmerten. Er spürte irgendwie, dass da noch ein ganz dünner Faden existierte, der ihn mit seinem Körper verband. So, als wäre die Entscheidung, bei Esperanza zu bleiben oder wieder auf die Erde zurückkehren zu können, noch nicht endgültig getroffen. Ich habe also noch eine Option. Vielleicht hat mich Esperanza auch angelogen. Vielleicht ist es ihr Wunsch, mich hierzubehalten. Aber im Buch meines Lebens steht etwas ganz anderes geschrieben. Und nur das ist wahr. Nur das ist wichtig für mich. Und ein Schutzengel ist doch nicht dazu da, mir zu offenbaren, mein Leben wäre vorbei, um mich anschließend darüber zu belehren, was ich falsch gemacht habe. Nach meinem Verständnis rettet ein Schutzengel mein Leben. Wenn alles zu spät ist, er seine Aufgabe nicht mehr erfüllen könnte, würde mir doch jemand anderes begegnen. Jemand, der mir, wenn er mich an die Hand nimmt, dies mit einer gewissen Endgültigkeit und Unumkehrbarkeit tun würde. Das hatte Esperanza doch nicht getan. Ihr Name verhieß doch Hoffnung. Also stimmte hier irgendetwas nicht. Wo befand ich mich denn eigentlich? Leise Zweifel nagten an mir.

Esperanza schaltete den Bildschirm aus, legte mir die Hand auf die Schulter, schaute mir in die Augen und sagte: „Du kannst nichts vor mir verbergen. Versuch es erst gar nicht. Doch ich möchte nicht das Vertrauen zerstören, das sich zwischen uns aufgebaut hat. Außerdem musst du sowieso zusehen, wie du alleine damit klarkommst. Dein innerer Richter, die Stimme deines Gewissens, wird nicht schweigen. Soviel kann ich dir sagen. Ruhe wirst du erst spüren, wenn du alle Erfahrungen deines Lebens richtig sortiert hast. Eher nicht. So, und jetzt mach` dich auf den Weg. Auf mich kannst du dabei nicht zählen."

Ihre schroffe Art überraschte mich etwas. Und ich merkte, solange sie bei mir ist, werde ich vor Überraschungen nicht sicher sein. Sie wies mit der Hand auf die vor uns liegende Fläche. Vor meinen Augen verwandelte sich die Oberseite der Wolken, die ich bisher wahrgenommen hatte, in eine Wiese. Blumen in allen Farben reckten nach und nach und zu hunderten ihre Blüten in Richtung Sonne, die alles überstrahlte. Insekten umschwärmten sie. Ein leises Summen erfüllte die Luft mit einem beruhigenden Ton, der sich tief in meine Gehörgänge bohrte und fast ein Gänsehautgefühl hervorrief. Meine Augen streichelten die Landschaft. In einiger Entfernung entdeckte ich eine Reihe von Bäumen, die den Wiesenrand säumten und den dahinterliegenden Wald erahnen ließen. Der unbändige Wunsch, einfach loszugehen, war zu voller Stärke erwacht. Und Esperanza hatte mir deutlich zu verstehen gegeben, dass ich die nächsten Schritte alleine würde machen müssen und von ihr keinerlei Hilfe erwarten könnte. Entschlossen stand ich auf, sah Esperanza ins Gesicht und in ihre wunderschönen Augen. Mehr und mehr wurde mir klar, alles ist anders als es mir erscheint. Im Himmel gelten wohl andere Gesetze. Der Verstand schweigt und ist zur Unmündigkeit gezwungen. Die Intuition verbrüdert sich mit den Gefühlen. Sie bestimmen den Weg, niemand anders. Alles ein Trugbild, das seinen Schabernack mit mir zu treiben scheint? Esperanza schien mit mir zu spielen. Wenn ich in ihr Gesicht sah, erblickte ich nicht den Engel. Ich sah eine Frau, für die ich vor mehreren Jahren einmal tiefempfunden hatte. Die mich damals stark beeindruckte, so dass ich fast bereit gewesen war, völlig neue Wege in meinem damals etwas festgefahrenen, jedoch auch sehr unruhig gewordenen Leben zu gehen. Ich hatte es nicht getan. Das Risiko war mir zu hoch, das Ergebnis unklar und nicht einschätzbar. Mein Herz wollte damals nicht auf die Stimme meines Verstandes hören. Über Monate lagen sie im Clinch, der untermalt war von einer nicht enden wollenden Unentschlossenheit, die mich fast in den Wahnsinn trieb. Erst der feste Entschluss, diesen gefährlichen Weg nicht weiterzugehen, brachte mich wieder ins Gleichgewicht. Und ich gelangte wieder in ruhiges Fahrwasser. Doch in diesem Moment, wo ich ihr in die Augen sah, spürte ich es. Da erwachte wieder etwas. Es war klein und winzig. Noch. Und es wollte wachsen. Mein Herz hatte sich nur in eine

Ruhephase begeben. Es hatte die Gefühle aus dieser Zeit eingefroren, nicht ausgelöscht, um sie irgendwann später aufzutauen, sie wiederzubeleben. Davor hatte ich Angst. Wenn ich bestimmt eines nicht wollte, dann war es das. Ich hatte zu damaliger Zeit unter Seelenqualen gelitten, zu denen ich auch heute noch nicht die passenden Worte finde, um sie zu beschreiben. Niemals wieder, so hatte ich mir damals geschworen, wollte ich mich in diese Niederungen begeben, in denen ich das Gefühl hatte, dass da Hände nach meinen Füßen greifen und mich immer tiefer in den Sumpf ziehen wollen und ich vergeblich nach Händen Ausschau hielt, die mich an den Armen ergreifen, mich nach oben ziehen und von den Qualen erlösen. Ich stehe am Abgrund und will springen, um dem Leiden ein Ende zu setzen. Doch dann, plötzlich merke ich. Es liegt in meiner Hand. Wenn ich wieder ein Ziel vor Augen habe, die Zeit der Unsicherheit vorbei ist, die Wellen sich geglättet haben, dann kehrt wieder Frieden ein.

Und dieser Moment war jetzt. Je länger ich verharrte, umso mehr würden die Gefühle wachsen, die Unsicherheit beginnen, die ich so hasste. Also umarmte ich Esperanza nur kurz jedoch innig und ging einfach los. Denn Karina bewohnte auch ein Zimmer in meinem Herzen. Und die Gefühle zwischen ihnen waren von einer Stärke und Kraft, die einem Konkurrenten keine Chance gaben. Und ich wusste tief in meinem Inneren. So ist es gut und richtig. Und so sollte es auch bleiben, wenn das noch möglich war.

Ich zog mir die Schuhe aus, streifte mir die Socken von den Füßen. Ich kam so meinem Wunsch nach, die Wiese in ihrer Schönheit mit allen Sinnen wahrzunehmen. Ich sog die Luft, erfüllt von irrem Blütenduft in mich ein, vernahm mit den Ohren das Summen der Insekten und beugte mich im Gehen, um das Gras zu streicheln. Es kitzelte meine Fußsohlen. Wohlige Schauer liefen über meinen Körper und je weiter ich mich von Esperanza weg über die Wiese bewegte, ließen meine Sinne mein Herz vor Glück vibrieren. Eine Leichtigkeit ergriff mich. Und ich glaubte schon fast zu schweben, obwohl meine Fußsohlen mich bei jedem Schritt eines Besseren belehrten. Der Wald am Wiesenrain rückte bei jedem Schritt näher. Jedes Mal, wenn er für Millisekunden in meinem Blickwinkel auftauchte, ignorierte ich ihn geflissentlich, wider besseren Wissens, dass ich ihn irgendwann erreichen würde. Der fast schon drohende Unterton in Esperanzas Stimme hatte mich darauf vorbereitet: Es geht nicht nur um einen Spaziergang, der mich dauerhaft im Glücksgefühl halten würde. Die innere Anspannung wuchs langsam jedoch stetig. Es machte mich konzentriert, nicht nervös. Ich beschloss, mich auf den Moment zu konzentrieren und nicht irgendwelchen Visionen, die sich in den Vordergrund drängeln wollten, die Macht zu geben. Niemals. Von ungewissen Ahnungen hatte ich mich in meinem irdischen Dasein oft genug verunsichern lassen. Jedoch am Ende stellte sich das Meiste davon als Hirngespinst, sich in Nichts auflösend, heraus. Also ging ich mutig jedoch bedächtig voran. Was würde mir schon passieren können, was sich nicht schon irgendwann erlebt hatte. Alle Facetten menschlicher Gefühle, immer gekoppelt an Erlebnisse welcher Art auch immer, waren abgespeichert. Und ich war fest überzeugt, durch keines überrascht und aus der Bahn geworfen werden zu können. Meine Augen tasteten den Boden vor mir ab. Plötzlich stülpte sich ein Häufchen Erde aus dem Boden, wuchs zu einem ansehnlichen Hügel, aus dem oben für einen kurzen Moment zwei grabende Pfoten und ein schwarzer Kopf herausschauten. Zwei Knopfaugen blickten mich an. Jedoch der Maulwurf verschwand sofort wieder. Im Himmel können diese putzigen Geschöpfe also sehen. Dieser absurde Gedanke machte mir klar. Alles ist möglich. Wer weiß, was mich noch erwarten würde. Als ich fast schon die gesamte Wiese überquert hatte, den Blick die meiste Zeit am Boden haltend, tauchten vor mir mit einem Mal die langen Schatten der Bäume auf. Ein Zurückweichen und Drosseln meines Tempos gestattete ich mir nicht. Ich wollte wissen, was sie schon wusste, mir jedoch verheimlichte. Egal, welchen Hindernisparcour, welche Prüfungen sie auch für mich vorgesehen hatte. Ich wollte da durch. Als meine Füße die dunklen Schatten berührten, nahmen meine Augen sofort den Wald ins Visier. In der Hoffnung, mich erwartet nicht undurchdringliches Dickicht, ging ich festen Schrittes auf den Waldrand zu. Unheilvolle Gedanken wehten durch meinen Geist, als ich den Saum zwischen Wiese und Wald erreicht hatte. Sofort verscheuchte ich sie, ging zwischen zwei Eichen über den spärlich mit kleinen Ästen und Laub bedeckten Boden. In einiger Entfernung machte ein an einem Pfahl befestigtes Brett mit einem richtungweisenden Pfeil auf sich aufmerksam. Drei Worte kündigten mir an, wohin der Weg mich führen würde. In den „Sumpf der Erinnerung".

Achtes Kapitel

Keuchend und schwitzend verließen Wilfried und Manfred, den Wald, nahmen kurz ihr Fahrzeug in Augenschein und waren froh, den Vermissten, der fast mit jedem Meter, den sie gegangen waren, schwerer wurde, endlich von den Schultern nehmen zu können. Sie schleppten sich zum Kofferraum. Manfred stützte den Mann für ein paar Sekunden alleine, was ihm schwer genug fiel. Denn seine Bewusstlosigkeit schien ihm das Fünffache seines Gewichts verliehen zu haben. Und seine geöffneten Augen waren eher angsteinflößend als vertrauenerweckend. Wilfried öffnete, so schnell es ging, die Heckklappe, griff sich eine Decke, breitete sie auf dem Schneeboden aus. Manfred ließ den Mann dann sofort zu Boden sinken. Sie lehnten ihn so an das Fahrzeug, dass er nicht zur Seite rutschen konnte, und atmeten erst einmal tief durch. Manfred griff sich in die Innentasche seiner Jacke, holte Zigaretten und Feuerzeug heraus. Mit vor Anspannung zitternden Händen gelang es ihm, sich eine Zigarette heraus zu fingern und sie anzuzünden. Er nahm einen Zug und sog den Rauch tief in die Lunge. Langsam perlte die Anspannung von ihm ab. Wilfried ging ein paar Schritte in Richtung Wald und ließ die Bilder, seit sie den Mann gefunden hatten, noch einmal vor seinem inneren Auge vorbeiziehen. Sie kannten sich beide lange genug, um zu wissen, wann der eine für den anderen wieder ein offenes Ohr hatte. Und der Moment war jetzt.

„So, wie geht's jetzt weiter?"

Die Zigarette auf den Boden werfend, drehte sich Manfred um, schaute ihm kurz in die Augen, zuckte etwas müde mit den Schultern.

„Entweder wir rufen einen Krankenwagen oder wir bringen ihn selber hoch!" führte Wilfried das unvermeidlich Gespräch weiter.

„Selber hoch. Wohin meinst du?"

„Na, in die Heliosklinik."

„Wir sollten vielleicht erst die Wache informieren oder gleich einen Rettungswagen."

„Ach Quatsch, was sollen die Fisimatenten. Aber gut, du kannst, während ich fahre, kurz die Wache informieren. Die können das Krankenhaus vorinformieren. Alles andere wäre nur Zeitverlust. Guck dir doch den Mann an. Wenn wir hier noch lange reden, driftet der schneller ins Jenseits ab, als uns lieb sein kann. Schau doch in seine glasigen Augen. Solange braucht der nicht mehr. Und dann haben wir hier einen Toten und kriegen anschließend noch einen mit der Knute!"

„Na gut, wir packen ihn auf die Rückbank, schnallen ihn ordentlich fest. Dann bringen wir ihn mit Blaulicht und Martinshorn nach oben. Wir fahren über die Stellingstraße und dann die Goethe- und Wismarsche Straße quer durch. Ich denke, maximal 15 Minuten. Dann dürften wir ihn in der Notaufnahme haben!"

„Okay, dann vorwärts."

Sie hoben ihren Bewusstlosen auf die Beine, bugsierten ihn in den Wagenfonds und schnallten ihn fest. Dann nahmen sie vorne Platz. Wilfried schaltete gleich die Signalanlagen an, um später keinen Gedanken mehr daran verschwenden zu müssen. Und dann ging es los.

Wortlos und konzentriert erreichten sie den Abzweig Stellingstraße oberhalb der Freilichtbühne. Wilfried beschleunigte das Fahrzeug auf der abschüssigen Straße, bog dann nach rechts auf den Platz der Jugend. Diesen hinter sich lassend, brausten sie durch die Goethestraße in Richtung Marienplatz. Die unsichtbaren Kräfte, die unser Leben lenken, wenn wir manchmal den Überblick verlieren, schienen sich auf wundersame Weise mit ihnen verbündet zu haben. Kein Gegenverkehr, nicht einmal eine Straßenbahn vor ihnen, die sie hätte zwingen können, ihre Fahrt zu verlangsamen. Als sie das Nadelöhr Marienplatz vor sich hatten, der wie ein Hemmschuh dalag und alle Fahrzeuge zwang, das Tempo zu drosseln und den Fußgängern in jedem Fall Vortritt zu gewähren, zögerte Wilfried kurz und wollte über die Geschwister-Scholl-Straße und die Graf-Schack-Allee am Schloss vorbei und die Werderstraße entlang. Er verwarf diesen Gedankenblitz und blieb auf der Spur. Diese lange Gerade würde sie auf direktem Weg zur Klinik bringen. Als sie die

Steigung am Friedensberg hochfuhren, war er froh, den anderen Weg nicht genommen zu haben. Drei Minuten später kamen sie vor der Notaufnahme der Heliosklinik zum Stehen.

Wilfried warf noch einen kurzen Blick auf ihren „Wiedergefundenen", dessen weitaufgerissenen Augen ihm einen kurzen Stich versetzten. Froh darüber, ihn hier in die Hände der Ärzte übergeben zu können, riss er die Wagentür auf und stürmte, so schnell es seine Beine zuließen, auf die Glasschiebetüren der Notaufnahme zu. Die Lichtschranken erahnten wohl sein Kommen, schoben die Türen auf und bremsten ihn nicht in seinem Lauf. Er rannte durch bis zum Empfangstresen. Mehrere Personen davor wendeten ruckartig die Köpfe sahen den Mann in Uniform, sprangen umgehend beiseite und überließen ihm den Vortritt. Die Schwester, momentan darin vertieft, irgendwelche Daten auf dem Bildschirm aufzurufen, bemerkte die Unruhe, wendete ihren Kopf und schaute über den oberen Rand ihrer Brille den Polizisten an. Wilfried ergriff umgehend die Initiative.

„Wir haben einen Notfall! Ich hoffe, unsere Wache hat Sie schon vorinformiert."

Die Schwester wusste von nichts. Er schilderte in kurzen Sätzen, was passiert war und bekam Gegenfragen, die bei ihm fast ein Fass zum Überlaufen brachten, das sich in den letzten

Wochen mit Wut und Zorn gefüllt hatte. Es kostete ihn eine Menge Kraft, in diesem Moment nicht die Beherrschung zu verlieren. Es war ihm in den letzten Wochen sowieso schon schwergefallen, sich der gereizten Stimmung, die auf dem Revier herrschte, zu entziehen. Seit Wochen hatten sie Trouble auf dem zentralen Platz der Stadt. Junge Männer verschiedener Nationen schienen Schwierigkeiten damit zu haben, ihre Zeit einer sinnvollen Tätigkeit zuzuführen und projizierten ihre angestaute Energie, die nach Entladung drängte, auf andere. Ihre persönliche Situation erzeugte in ihnen Frust und Aggression, die nach einem Blitzableiter suchten. Leider eskalierte die Situation immer wieder. Sie beschränkten sich nicht nur auf Verbalattacken sondern trugen Auseinandersetzungen mit der Faust aus, die oft auch einmal nach dem Gesicht eines Einheimischen suchten. Er und seine Kollegen schoben Überstunden vor sich her, die der Rund-um-die-Uhr-Überwachung des Platzes geschuldet waren. Und es war nicht nur das. Respektlosigkeiten waren an der Tagesordnung. Kollegen wurden verletzt. Die Gerüchteküche unter der Bevölkerung brodelte. Oft mussten sie ihre ganze Autorität in die Waagschale werfen, um ein Eskalieren der Situation zu verhindern. Doch was sollte es. Er atmete tief durch. Was würde es ihm bringen, hier im Krankenhaus und dann noch vor den Leuten, die um ihn herumstanden, die

Fassung zu verlieren. Es war eben nicht einfach, in dieser angespannten Situation immer die Ruhe zu bewahren. Doch sie als Polizisten waren sich darüber im Klaren, dass sie der Bevölkerung vermitteln mussten, sie hätten in den meisten Situationen alles im Griff und man könnte sich auf sie verlassen. Und ein Wutausbruch seinerseits würde dieses Bild beschädigen. Die Schwester am Empfang sollte und musste nicht wissen, wie ihm persönlich zu Mute war. Sie legte ihm noch ein Schriftstück vor, in dem er die Übergabe des „Wiedergefundenen" bestätigte. Er nahm die für ihn bestimmte Kopie, verließ die Notaufnahme und beobachtete Manfred noch dabei, wie der den letzten Zug seiner Zigarette inhalierte und anschließend den Stummel im oberen Rand eines dort stehenden Papierkorbs ausdrückte. Er bedeutete ihm mit einer unmissverständlichen Geste, einzusteigen, öffnete ein paar Sekunden später die Tür an der Fahrseite, ließ sich in den Sitz fallen, startete das Fahrzeug. Im normalen Tempo verließen sie das Klinikgelände. Und während Wilfried sich auf die Verkehrssituation konzentrierte, um seine angespannten Nerven in den Griff zu bekommen, griff Manfred zum Funkgerät, stellte Verbindung zur Wache her, gab einen kurzen Lagebericht und kündigte ihr baldiges Eintreffen an.

Gedanken eines Polizisten

Kollegen wurden verletzt bei diesen Auseinandersetzungen. Was ihn an der Situation störte, war das Hausgemachte daran. In ruhigen Minuten, die selten genug waren bei der beruflichen und familiären Beanspruchung, in denen er die Situation für sich ganz privat analysierte, nervte ihn die Ahnungslosig- und Kurzsichtigkeit selbst in höchsten Regierungskreisen, deren Entscheidungen sich durchschlugen bis auf die untersten Ebenen der Gesellschaft und dort ganz bestimmt nicht für Beifallsstürme und Händeklatschen sorgten. Wann würde endlich diese „Weichmacher"-Politik aufhören! In immer wieder gebetsmühlenartigen Statements wird von Menschen, die in einen bestimmten Berufsstand (Politik) gegangen sind, um die Gesellschaft an wichtigen Eckpunkten mitzugestalten, eine Strategie verteidigt, die vielen als völlig unausgereift erscheint und oft an der Realität vorbeigeht. Der Blickwinkel, aus dem die Entscheider die Situation beurteilen, ist oft genug für den Einzelnen nicht nachvollziehbar, obwohl sich die der Staatsräson unterworfenen Journalisten redlich Mühe geben, es zu erklären und nach Rechtfertigungen zu suchen, um die politische Kaste zu verteidigen und nicht in einem schlechten Licht dastehen zu lassen. Der Zusammenhalt in der Gesellschaft verliert nach und nach an Festigkeit.

Politische Strömungen, die sich den Mund nicht verbieten lassen wollen und offen Kritik üben, gewinnen immer mehr an Kraft. Es muss gelingen, mit Lockerheit, Humor und sachlich geführten Auseinandersetzungen Verkrampfungen zu lösen, die beginnen, sich in der Gesellschaft breit zu machen. Ein Fortsetzen des Prozesses der Machtlosigkeit gegenüber der politischen Elite darf nicht zu einem Dauerzustand werden. Mit permanenter Ausdauer und Mut muss gegen schleichende Tendenzen vorgegangen werden, die irgendwann zu manifestierten Veränderungen führen, die dann wiederum, welch Wunder, von niemandem gewollt sind. Wenn begonnen wird, Regeln zu propagieren, die immer nur für bestimmte Kreise gelten, aber auf die die breite Masse keinen Anspruch haben soll, wird es spätestens jetzt Zeit, die Stimme zu erheben, damit nicht irgendwann ein Aufschrei unüberhörbar und laut ertönt, nämlich dann, wenn das Haus in Flammen steht.

Viele halten sich nur mit ihrer Meinung zurück aus Angst vor Anfeindungen und Gesichtsverlust. Doch genau das gilt es zu überwinden. Es müssen klare und deutliche Worte gefunden werden, um Entwicklungen in die richtige Richtung zu lenken und nicht letzten Endes, weil alle den Mund gehalten haben, alles in einem Scherbenhaufen endet, dessen Einzelteile niemand mehr zusammenkitten will. Es geht um unser Land und unsere Zukunft. Und niemand hat das Recht, diese Dinge aus Eigennutz und falsch verstandener Nächstenliebe kaputt zu machen. Niemand scheint zu erkennen, dass alles auch ein Generationenproblem ist. Die, die an ihren Sesseln festkleben und schon ein bestimmtes Alter erreicht also das Ausüben von Macht genossen haben, sind nicht bereit, einen Schritt zurückzutreten, um die nächste Generation ans Ruder zu lassen. Diese wiederum reagiert mimosenhaft auf bestimmte Gesten und Machtausübungsrituale anstatt selbstbewusst darum zu streiten, diese Gesellschaft mitgestalten zu wollen mit allen ihr zur Verfügung stehenden Mitteln. Wir erleben immer wieder ein Einknicken von Politikern, die zwar Format haben, jedoch nicht in der Lage sind, dies auch standhaft zu demonstrieren. Wann wollen sie es denn tun, wenn nicht jetzt und hier???? Wir warten schon viel zu lange darauf. Irgendwann hat das Warten jedoch ein Ende. Es wird gehandelt werden. Diese Gesellschaft braucht dringend Schritte, die die Europa- und Deutschlandpolitik endlich in eine andere, vom Volk gewollte, Richtung drängen und bewegen. Vielleicht braucht es noch viel deutlicherer Worte, um in gewissen Kreisen die Augen derjenigen zu öffnen, die bisher wie blind in der Gegend umherirren und kleingeistig ihre eigenen Ziele verfolgen anstatt das Große und Ganze im Blick zu haben.

Neuntes Kapitel

„Sumpf der Erinnerung". Das hatte überhaupt nichts Vertrauenserweckendes. Erst einmal zog ich mir wieder Socken und Schuhe an. Wusste ich denn, was jetzt kommen würde? Ich ging einfach weiter. Die Bäume schienen, je weiter ich in den Wald hineinging, immer dichter zusammenzurücken. Der Lichtpegel nahm nach und nach ab. Plötzlich begannen auf dem Waldboden Insekten ihre Geschäftigkeit zu entfalten. Sie krabbelten hin und her, nahmen überhaupt keine Notiz von mir. Ich spürte einige feuchte Tropfen auf meinem Kopf. Ein richtiger Weg war überhaupt nicht zu erkennen. Das Schild hatte nur eine ungefähre Richtung angegeben. Der Boden vor mir senkte sich langsam ab und führte mich in ein Tal, dessen Größe ich nicht einmal erahnen konnte. Ein Glucksen und Rumoren setzte von einer Sekunde zur anderen ein. War der Waldboden, auf dem ich mich bewegte, bis jetzt noch fest gewesen, so spürte ich mit einem Mal, wie er immer mehr nachgab und sah, wie die Spuren, die ich hinterließ, sich mit kleinen Wasserlachen füllten. Esperanza hatte mir noch, bevor ich mich auf den Weg gemacht hatte, versichert, ich würde sie wiedertreffen. Mir würde nichts passieren. Ich wäre nur um einige Eindrücke reicher. Also konzentrierte ich mich. Meine Blicke eilten voraus. Mit einem Mal sah ich vor mir Schattenbilder, die begannen, mich zu beunruhigen. Mein Atem wurde flacher. Die Nackenhaare richten sich auf. Die Versuchung war groß, einfach anzuhalten, umzukehren. Nein, ich wollte da durch. Irgendwann musste ich mich auch den hässlichen Momenten stellen. Es würden doch sowieso nur Momentaufnahmen sein. Die Schattenbilder wurden zu Geschöpfen. Eines davon begann, sich mir zu nähern. Auf keinen Fall wollte ich mich lähmen lassen. Während ich weiterging, nahm der Schädel des Geschöpfes ein Gesicht an, das mich in meinen dunkelsten Träumen oft heimgesucht hatte. Das Geschöpf stellte sich vor mir auf. Alles kam auf einmal in mir hoch. Der Moment meiner größten Demütigung, die ich je erlebt hatte, war mit einem Mal völlig gegenwärtig. Ich war plötzlich wieder genau in dieser Situation. Alle, die damals daran beteiligt waren, scharten sich um das Geschöpf. Ein hässliches und kaum zu ertragendes Grinsen wehte zu mir herüber. Das Gefühl der Hilfslosigkeit war wieder da. Ich wollte schon um Hilfe rufen. Aber wen? Damals so wie heute. Es würde mir niemand helfen. Meine Peiniger hatten den Moment ausgekostet. Sie hatten mich mit voller Wucht ihre Überlegenheit spüren lassen. Ich war am Boden zerstört gewesen. Es hatte mich viel Kraft gekostet und meinen Lebensmut fast zerstört. Sie hatten mich klein gemacht, um sich groß zu fühlen. Immer, wenn diese Erinnerung hochkam, ergriffen mich mächtige Rachegedanken und kehrten meine Schattenseite nach außen. Meine Gefühle waren so tief verletzt gewesen, dass ich die damals Beteiligten mehrfach und mit immer grausameren Methoden in meinem Geiste vom Leben zum Tode befördert hatte. Oft war mir angeraten worden, ich würde diese Gewaltfantasien nur in den Griff bekommen, wenn ich den Tätern verzeihen würde. Doch das habe ich nie gekonnt. Es gibt Dinge, die sollten beim Namen genannt werden. Das macht es leichter sie zu ertragen. Und doch gibt es Menschen, die ein grausames Spiel mit ihren Mitmenschen spielen. Und diesen zu verzeihen, würde bedeuten, das, was sie tun, zu dulden. Und das darf nicht sein. Es gibt Grenzen im Zusammenleben. Und wer diese Grenzen überschreitet, den sollte die Härte des Gesetzes und manchmal auch die Selbstjustiz unerbittlich treffen. Täter müssen genauso wie ihre Opfer spürbar leiden. Manchen, die ohne Gewissen durch das Leben gehen, macht es nichts. Doch vielen wird dann erst bewusst, was sie angerichtet haben. Und wieder keimte in mir die Flamme der Rache auf. Sie gab mir hier in diesem Moment die Kraft, meinen dunkelsten Moment zu überwinden. Ich ging auf das Geschöpf, das mich immer noch überlegen und hässlich angrinste, zu. Kräfte, die ich nicht in mir vermutet hätte, ballten sich zusammen. Mit beiden Händen ergriff ich den Hals des Geschöpfes. Ich drückte zu. Das Grinsen hörte nicht auf. Ich verdoppelte meine Kraft. Das Grinsen erstarb. Es ging über in ein Röcheln.

Sein Gesicht erzeugte in mir abgrundtiefen Hass. Die Permanenz der damaligen Geschehnisse begann, mich zum Wahnsinn zu treiben. Ich ergriff ein plötzlich in meiner Nähe liegendes Messer und setzte mein Werk fort. Mit einer Kaltherzigkeit, die ich in mir nie vermutet hätte, setzte ich in der Mitte seiner Schädeldecke das Messer an, begann zuerst damit, die Haut anzuritzen, um sie in schmalen Streifen im ersten Gang von der Kopfhaut zu ziehen. Immer wieder, fast in einen Rausch verfallend, setzte ich das Messer an. Das kraftvoll austretende Blut lief über den Kopf, den Hals und den Körper des Geschöpfes bis auf den Waldboden und versickerte. Obwohl mich die Wollust, die mich trieb, zugleich in Angst versetzte, vermochte ich in mir nicht die Kraft zu entwickeln, ihr entgegenzuwirken. Vom Rausch getrieben, wurde ich immer zügelloser, immer unnachgiebiger, immer gewalttätiger gegenüber der Spezies, der ich selber angehörte, doch darüber ein immer größeres Beschämen empfand. Mein ganzes Handeln, eine Facette, die mich selbst überraschte, war ausgerichtet auf Zerstörung, auf Vernichtung, auf Verderb. Vollkommen außer Kontrolle begann das in meiner Hand liegende Messer seinen eigenen grausamen Tanz aufzuführen. Die Kraft der erlittenen Demütigung setzte etwas in Gang, was nicht mehr zu stoppen war. Rache bis zur völligen Zerstörung bestimmte den Verlauf dessen, was jetzt geschah. Blut floss in Strömen. Rachemonster übernahmen die Regie und vollführten und vollendeten ein Protokoll des Schreckens. Das Blut meines Opfers sammelte sich zu einer großen Lache, die nach und nach im Boden versickerte. Langsam ließ es nach. Ich begann, ruhiger zu werden. Meine Kraft war verbraucht. Dann sah ich, wie sich auf dem Schädel des Geschöpfes ein Loch öffnete. Ein weißer Rauch verließ dieses Monster. Die Wolke schwebte davon durch den Wald. Das Monster löste sich auf. Ich blickte mich um. Auch seine Begleiter waren verschwunden. Erleichterung machte sich breit in mir. Ein Gefühl der Befreiung aus einem Klammergriff, der mich lange Jahre gequält hatte. Ich brach zusammen, setzte mich auf den Boden und verlor die Kontrolle. Tränen begannen über mein Gesicht zu laufen. Ich krümmte mich auf dem Boden wie ein kleines Kind. Völlig enthemmt setzte ein Schluchzen ein, das immer lauter durch den Wald wehte jedoch von niemandem gehört wurde. Ich war allein. Jedoch befreit. Diese Erinnerung würde mich nie mehr quälen.

Zehntes Kapitel

Schwester Anja hatte mit Wilfried abgeklärt, dass sie, sobald sie die Wache erreichten, die verzweifelte Ehefrau informieren würden. Sie musste sich jetzt darum kümmern, den Ohnmächtigen in der Notaufnahme unterzubringen. Ein Stück den Flur hinauf sah sie die angelehnte Tür von Dr. Karius und ergriff die Gelegenheit, ihn sofort in ein Gespräch zu ziehen.

„Herr Doktor, wir haben hier einen Notfall. Zwei Polizisten haben gerade den stark unterkühlten und besinnungslosen Torben Kanupke abgeliefert. Können Sie sich den bitte noch einmal kurz anschauen. Ich denke, der muss sofort auf die Intensiv an die Geräte. Tja, und dann können wir wohl erstmal nur noch abwarten."

Dr. Karius bat sie, den Patienten in den Untersuchungsraum zu schieben. Ein Blick reichte ihm jedoch, um sofort eine Entscheidung zu treffen. Er griff zum Telefon, klingelte zur entsprechenden Station durch und beorderte umgehend einen Pfleger in die Notaufnahme, der den Ohnmächtigen auf die Station bringen sollte.

Es verging keine halbe Stunde und ich war angeschlossen an Geräte, deren Aufgabe darin bestand, meine Lebensfunktionen zu überwachen. Nichts weiter als ein regelmäßiger Piepton signalisierte meinen Herzschlag. Er störte fast die erdrückend wirkende Ruhe und Stille. Der Raum war abgedunkelt, die Gardinen vor den Fenstern jedoch nicht zugezogen. Der unendliche Sternenhimmel funkelte heilig und unnahbar. Und der dort stehende Mond warf sein fahles Licht auf mein Gesicht. Meine Augen starrten an die Decke. Mein Geist hatte für einen Moment die Verbindung zur Seele aufgenommen. Die Bilder aus dem Sumpf der Erinnerung waren vorbeigezogen. Ein Zucken lief über mein Gesicht. Ein leichtes Zittern erschütterte meinen ganzen Körper. Tränen verließen meine Augen, rannen mir bis zum Hals hinunter. Traurigkeit breitete sich aus. Der Mantel der Nacht legte sich über mich. Eine Sternschnuppe zog am Himmel ihre Bahn und verlosch.

Elftes Kapitel

Zusammengekauert saß Karina auf der Couch. Der Funkwecker aus dem Bad stand vor ihr auf dem Tisch. Der Fernseher lief leise. Aber sie registrierte es sowieso nicht, was dort über den Schirm flimmerte. Seit einer guten Stunde fixierte sie immer wieder den Sekundenzeiger, der unaufhaltsam seine Runde zog. Die Zeit ist eine Konstante, die für niemanden greifbar und beeinflussbar ist. Ihrem unausweichlichen Fortschreiten sind wir unentwegt und beständig ausgesetzt. Zeit hat die

Macht, alles, was geschieht, chronologisch zu ordnen. Sie ist der unwiderlegbare Beweis: Genauso, wie alles einen Startpunkt hat, so findet es auch sein Ende. Wachsen und Vergehen sind einem ewigen Kreislauf ausgesetzt. Wenn wir uns in Demut vor ihr verneigen, wird dies jedoch niemals zu unserem Nachteil. Diese Macht trennt das Gute, das geschieht, von dem Bösen, das wir auch anerkennen müssen. Der Fluss der Zeit zeigt uns auf immer wieder neue und eigene Art: Das Genießen des Glücks hat seinen eigenen Moment. Jedoch ist auch kein Leiden für die Ewigkeit. Die Anerkenntnis des ständigen Wechsels ist es, was uns Kraft, Hoffnung, Mut und Zuversicht gibt. Erst, wenn wir gelernt haben, den Moment zu genießen anstatt ihn festzuhalten und die Stärke aufbringen, ihn trotzdem vorüberziehen zu lassen, haben wir den Punkt erreicht, unsere Seele in jedem Augenblick unseres Lebens frohgestimmt in die Zukunft tanzen zu lassen. Doch diese Kraft konnte Karina im Moment niemals aufbringen. Die Angst, die immer wieder hässliche Bilder in ihren Geist zeichnete, nahm ihr die Zuversicht. Die Ahnung, obwohl durch nichts bewiesen, Torben für immer verloren zu haben, hatte ihr allen Lebensmut genommen. Der Gedanke, ihren Weg alleine weitergehen zu müssen, lähmte sie, ließ sich nicht vertreiben. Sie ignorierte permanent die Hoffnungsschimmer, die ihr etwas anderes sagen wollten und wartete sehnsüchtig darauf, dass das Telefon endlich klingelte.

Zwölftes Kapitel

Mein Zorn, umgemünzt in tätige Rache, hatte sich bis zur Erschöpfung ausgelebt. Das blutige Chaos, schrecklich anzusehen, erfüllte mich mit einer tiefen Befriedigung. Die vergangenen Jahre hatten diese Erniedrigung nicht abge-schwächt, sie nicht verschwinden oder zumindest verblassen lassen. An jedem Ort, oft ungewollt, tauchten die Bilder auf, nahmen mir Lebenskraft, entzündeten Aggressionen wie ein loderndes Feuer, das mich mit der Zeit innerlich auffraß und ausbrannte. Erst das Überschreiten der Grenze und das Ausleben der Rache durch Vernichtung nahm der Erinnerung die Kraft, die ich nie auslöschen konnte. Schluchzend und zitternd am Boden liegend kam ich zur Ruhe. Meine Augen schlossen sich. Ich fiel in einen Dämmerzustand. Plötzlich spürte ich Wärme auf meinem Rücken. Eine Hand legte sich sanft auf meinen Kopf. Ich öffnete die Augen, drehte mich zur Seite und erblickte Esperanza.

„Komm", sagte sie, „steh` auf. Es reicht. Du hast es überwunden."

Schwerfällig erhob ich mich, fand mich gemeinsam mit ihr auf der Wiese wieder.

„Was sollte das, Esperanza?"

„Es musste sein, damit du Frieden findest. Begreifst du jetzt. Es ist Erinnerung, mehr nicht. Es ist nicht echt. Es waren Phantome und nicht die Gestalten, die dich damals quälten. Du hast sie zerstört. Und jetzt hast du den Frieden, den du schon so lange suchst!"

Ich spürte tatsächlich eine Leichtigkeit in mir aufsteigen, nach der ich mich schon lange gesehnt hatte. Und ich verstand immer besser, worauf Esperanza hinaus wollte, wohin ich meinen Blick richten sollte. Sie ergriff meine Hand.

„Es wird Zeit, dass du zurückkehrst!"

„Wohin?"

„Auf die Erde. Es wartet dort jemand auf dich. Du kannst noch nicht bei mir bleiben."

Wir machten uns auf den Weg. Die Sonne verschwand am Himmel. Eine sternenklare Nacht zog herauf. Wir gingen auf einem unsichtbaren Weg hinunter zur Erde. Ein mäßig beleuchtetes Gebäude tauchte vor uns auf.

„Es ist ein Krankenhaus. Ich bringe dich zu dir."

„Ich verstehe nicht."

„Du bist eine Seele. Ich bringe dich zu deinem Körper, der dort auf dich wartet."

Esperanza ging zielgerichtet auf ein bestimmtes Fenster zu. Und wir durchdrangen das Glas. Dann standen wir neben dem Krankenbett. Im Schummerlicht der Nacht sah ich meinen Körper, an Geräte angeschlossen, liegen. Esperanza legte ihre Hand auf meine Schulter.

„Überleg` nicht zu lange, was du tust. Du hast jetzt erfahren, dass deine Seele frei und ungehindert auf der ganzen Welt zu Hause sein kann. Dein Körper ist nur ihr Startpunkt, in dem sie verweilen und ausruhen kann. Doch es steht ihr frei, die Welt zu erobern, in Liebe zu baden und sich selbst glücklich zu machen, indem sie andere glücklich macht. Denk` an Karina. Sie wartet auf dich."

In diesem Moment öffnete sich hinter uns die Tür. Ein Mann, in ein schwarzes Gewand gekleidet, betrat den Raum, ging sofort auf meinen Körper zu. Esperanza ließ mich los. Kurz bevor der schwarze Mann seine Hand ausstrecken und meinen Körper berühren konnte, ergriff sie sein Handgelenk. Sie schaute ihn an. Mit einer unmissverständlichen Geste zeigte ihre freie Hand erst auf mich, dann auf meinen Körper. Die dunkle Gestalt verstand. Der Tod kam zu früh. Esperanza legte ihre Hand auf seine Brust und schob ihn, ohne eine Gegenwehr zu dulden, auf den Flur. Sie schloss die Tür. Er zog in gebeugter Haltung an der zum Innenflur zeigenden Scheibe vorbei, wahrscheinlich zu jemandem, dessen letzte Stunde schon angebrochen war.

Esperanza kam zu mir.

„Hast du verstanden? Das hier ist deine Chance. Nutze sie."

Dann löste sie sich langsam auf in ein Nichts. Ich glaubte noch, das Rauschen eines Windes zu hören. Die Gardine vor dem Fenster begann sich kaum wahrnehmbar zu bewegen. Dann war es ruhig. Jetzt erst vernahm ich einen Ton, der in einem regelmäßigen Zeitabstand zu hören war. Langsam näherte ich mich meinem Körper, betrachtete ihn. Jahrelang war ich mit ihm durch das Leben gewandert. Er hatte mir oft die Möglichkeit gegeben, Träume wahr werden zu lassen. Mit ihm hatte ich Schattenseiten erfahren müssen, jedoch auch Sternstunden. Momente, die mir immer wieder zeigten, es lohnt sich, weiterzugehen und niemals aufzugeben. Was hatte Esperanza gesagt: Auch in ihm würde mir wieder die ganze Welt offenstehen. Die Zeit mit ihr hatte mir auch gezeigt: Es ist eine tägliche Herausforderung, mit seinen Gedanken, Gefühlen und Hoffnungen zurechtzukommen. Und das ist genau die Aufgabe, die auf uns wartet, wenn wir geboren werden. Wir sammeln Erfahrungen, erwerben Fähigkeiten, stellen unseren inneren Kompass und segeln los auf dem Ozean des Lebens. Hohe Wellen sollen uns keine Angst machen. Indem wir sie bezwingen, gewinnen wir Lebenskraft, werden stark und unbezwingbar.

Ich fasste den Entschluss, meine 2. Chance zu nutzen. Aber wie sollte ich den Körper gelangen. Meine Augen starrten mich an. Ich wagte es. Die Augen sind das Tor. Ich durchdrang sie, begann sofort wieder mich heimisch zu fühlen und gewann mit der Gewissheit, genau das Richtige getan zu haben, meine innere Ruhe wieder. Ich spürte, wie der Atem meinen Brustkorb hob und senkte, hörte den Schlag meines Herzens und versank in einen tiefen, traumlosen Schlaf. Ich verschwendete keinen Gedanken mehr daran, zu zweifeln, ob es richtig war, was ich getan hatte. Wenn ich wieder erwachte, würde das Leben es mir auf die eine oder andere Art beweisen, würde mich stark machen für das, was noch kommt.

Dreizehntes Kapitel

Die Melodie des Telefons ertönte plötzlich und ließ Karinas Herz aus dem Tal der Tränen zurückkehren in den gegenwärtigen Moment. Sie ergriff den Hörer, drückte die Taste mit dem grünen Telefon und presste voller Sehnsucht, eine gute Nachricht zu empfangen, den Hörer an ihr Ohr.

„Frau Kanupke, hier ist Wachtmeister Engelhard. Ich wollte Sie nur informieren. Meine Kollegen haben ihren Mann gefunden. Er lag ohnmächtig am Ufer des Sees in der Nähe von Adebors Näs. Im Moment befindet er sich in der Heliosklinik, wahrscheinlich auf der Intensivstation."

„Ich danke Ihnen," entgegnete sie. „Ich weiß gar nicht, was ich noch sagen soll." Brachte sie noch heraus, bevor die Gefühle sie übermannten und ihre Stimme versagte.

„Ist schon gut, Frau Kanupke. Wenn Sie wollen, können Sie noch im Krankenhaus anrufen oder Sie fahren morgen Vormittag gleich selber vorbei. Alles Gute für Sie."

Dann legte er den Hörer auf. Karina hörte nur noch das Besetztzeichen, legte selber auf und rang erst einmal um Fassung. Er ist wieder da. Alles andere war im Moment egal. Sie überlegte noch einen kurzen Moment, Wolfgang anzurufen, um sich mit ihm am nächsten Morgen zu verabreden und gemeinsam nach Torben zu schauen. Sie fand in der Wahlwiederholung seine Nummer und wählte. Sie wusste schon, er war einer der wenigen, der immer und auch in den schweren Stunden zu Torben gehalten hatte. Und er würde es ihr nicht verübeln, wenn sie zu nachtschlafender Zeit anrief. Denn er machte sich sicherlich auch so seine Gedanken, die ihn vielleicht auch nicht zur Ruhe kommen ließen. Es dauerte eine ganze Weile. Sie brachte jedoch die nötige Geduld auf. Er lag sicherlich schon im Bett. Sie musste ihm einfach die Zeit geben, munter zu werden und zum Telefon zu gehen. Dann knisterte es im Hörer.

Wolfgangs Stimme ertönte: „Hallo, was soll das? Warum rufen Sie nachts an?" Seine Stimme klang etwas ungehalten. Doch damit hatte sie gerechnet.

„Wolfgang, hier ist Karina. Es gibt gute Nachrichten von Torben. Die Polizei hat mich gerade informiert. Er liegt in der Heliosklinik. Hast du morgen Vormittag Zeit? Ich würde gerne mit dir zusammen dort hinfahren. Ich weiß nicht genau, ob ich allein die Kraft aufbringe, seinen Anblick zu ertragen. Und da wäre es schön, wenn ich dich dabei hätte."

Er war noch schlaftrunken und brauchte eine gewisse Zeit, das Gehörte zu verarbeiten. Doch dann kam seine Antwort:

„Ja, in Ordnung. Ich komme mit. An welche Zeit dachtest du?"

„So früh wie möglich. Gegen neun am Haupteingang?"

„Ja, in Ordnung, Karina, ich werde da sein."

Alles war gesagt. Zeitgleich landeten die Telefonhörer auf den Stationen. Wolfgang ging wieder ins Bett. Karina, innerlich schon etwas befreit, beschloss auch, sich hinzulegen, um die nötige Kraft zu schöpfen für das, was am nächsten Tag auf sie zukam. Sie steckte sich noch ein Beruhigungsdragee in den Mund, nahm einen Schluck aus dem bereitstehenden Wasserglas, hoffte auf schnelle Wirkung und legte sich ins Bett.

Vierzehntes Kapitel

Am nächsten Morgen, 5.31 Uhr.

Ich öffnete die Augen, schaute an die Decke über mir und brauchte einige Zeit, um zu verstehen, wo ich bin. Es war ruhig. Die Zudecke hüllte mich wohlig wärmend ein. Die medizinischen Geräte links neben mir arbeiteten reibungslos. Sie gaben in regelmäßigen Zeitabständen die Geräusche von sich, die auch von ihnen erwartet wurden. Meine Seele fühlte sich wieder zu Hause jedoch nicht mehr gefangen, so, wie sie es in früheren Tagen oft empfunden hatte. Ich wollte es unbedingt noch einmal wissen und beschloss, meinen Körper noch ein letztes Mal zu verlassen. Mit dem Glauben daran, meiner Seele steht auf ihrer Wanderung durch Raum und Zeit die ganze Welt offen, würde ich in mir die Gewissheit festigen, das Richtige getan zu haben und meine 2. Chance bewusster und verantwortungsvoller nutzen. Ich hatte mich gestern auf zu dünnem Eis bewegt, die Risiken falsch abgeschätzt und fast eine Quittung dafür bekommen, deren unabänderlicher Inhalt mir auf Dauer nicht gefallen hätte. Ich fühlte, ich musste Esperanza dankbar sein für das Stück des Weges, das sie mit mir gemeinsam gegangen war. Auch wenn es für mich nicht leicht war. Und manche Erkenntnis unter Schmerzen geboren wurde. Ich sammelte meine Kraft, öffnete die Augen und ging durch dieses Tor aus dem Körper in das Zimmer. Eine kleine Besichtigungstour durch das Krankenhaus sollte mir noch den nötigen Schub verpassen, fest entschlossen in das Leben zurückzukehren und meinen Weg weiter zu gehen. Da ich mich hier nicht auskannte, ließ ich mich einfach treiben. Ich wollte alles aufnehmen, was sich sah. Vollkommen frei von Vorurteilen sollte das, was mir begegnete, mich entweder beeindrucken oder nicht. Doch kaum hatte ich das Zimmer verlassen, bemerkte ich am Ende des Flures, der rechts und links von den Türen zu den Zimmern flankiert war, wieder den „schwarzen Mann", den Esperanza bei meinem Eintreffen hier umgehend des Feldes verwiesen hatte. Er schien ein ständiger Gast in diesen Räumlichkeiten zu sein, um Menschen an die Hand zu nehmen und in sein Reich zu führen. Unauffällig und neugierig folgte ich ihm. Über Treppen erreichten wir eine andere Station. Das Licht dort war gedimmt. So früh am Morgen hatte der normale Stationsbetrieb noch nicht eingesetzt. Er ergriff eine Tür, öffnete sie vorsichtig und trat an ein Krankenbett. Sekunden später befand ich mich auch im Raum, stellte mich in eine Ecke und beobachtete alles. Ich war sehr sicher, sein Handeln war nicht auf mich ausgerichtet. Also hatte er kein Interesse, mich wahrzunehmen. Wie erstaunt war ich, als ich sah, der Kranke dort im Bett schien den Tod erwartet zu haben. Anstatt erschrocken zu sein, huschte ein Lächeln über sein Gesicht. So, als wäre er froh, von einem lang anhaltenden Leiden endlich erlöst zu werden. Hinter dem „schwarzen Mann" baute sich auf einmal die Silhouette einer schönen Frau auf. Ich sah dem Kranken in die Augen, erkannte eine Sehnsucht, dieses Reich zu verlassen, über eine unsichtbare Brücke zu schreiten, die Frau in den Arm zu nehmen und mit ihr gemeinsam in Esperanzas Welt zu gehen, für immer. In dem Augenblick, als der Tod den Mann berührte, tauchte aus seinen Augen die Seele auf, nahm Gestalt an und schwebte zu der Frau, die ihm wohl schon vor längerer Zeit vorausgegangen war. Der Tod war nur der Mittler zwischen ihnen. Er sorgte dafür, dass die beiden wieder zusammenfanden. Das ganze wirkte so friedlich und behutsam. Der Tod, doch meistens gefürchtet, verlor in diesem Moment für mich das Angsteinflößende. Nachdem er die beiden Liebenden vereint hatte, schlich er wieder leise und in gebeugter Haltung aus dem Raum, um weiter und bis in alle Ewigkeit seine Mission zu erfüllen. Hier hatte ich genug gesehen. Ich verließ den Raum, ließ mich weiter treiben und erreichte eine Station, die mich durch ihre farbenfrohe, geradezu einladende Gestaltung anzog. An den Wänden erkannte ich Kinderzeichnungen. Im Wechsel mit den Zeichnungen waren dazwischen Fotos von Babys drapiert, die meist mit leuchtenden Augen und lachendem Gesicht von der Wand schauten und eine Fröhlichkeit verbreiteten, die sich sofort in die Herzen aller dort Vorbeilaufenden einpflanzte. Also auch in meines. Plötzlich hörte ich aus einem Zimmer ein Stöhnen und Wehklagen. Hektik brach aus. Einige Schwestern liefen über den Flur zu dem Zimmer. Eine Ärztin eilte hinterher. Die Gewissheit, mich würde niemand wahrnehmen, erlaubte es mir, mich anzuschließen und alles aufzunehmen, was dann geschah. Eine Frau mit schmerzverzerrtem Gesicht und Schweißperlen auf der Stirn lag dort auf dem Bett. Der Moment, den sie Monate lang herbeigesehnt und doch auch ein wenig gefürchtet hatte, stand unmittelbar bevor. Sie hatte den Notruf gedrückt. Ich erkannte, wie eingespielt das Team war, das jetzt ins Zimmer stürmte. Präzise wendeten sich die Ärztin und die Schwestern ihren Aufgaben zu. Als eine Schwester begann, das Gesicht der jungen Mutter zu streicheln, huschte ein Wind der Erleichterung über ihr Angesicht. Wieder ging eine Wehe durch den Körper. Ein neuer Erdenbürger wollte nicht länger warten. Es schien ihm da, wo er sich befand, zu eng geworden. Er wollte raus in das Leben. Das, was ich beinahe verloren hätte, wurde ihm jetzt geschenkt. Der Kopf war schon zu sehen. Es kostete die junge Frau noch einmal viel Kraft, den Kleinen auf die Welt zu schicken. Doch dann war es geschafft. Die Nabelschnur wurde durchgeschnitten. Nach einem Klaps hallte ein Schrei durch das Zimmer, der alle Glocken in den Herzen der Anwesenden läuten ließ. Ein kurzer Moment der Rührung lag im Raum. Die Ärztin legte der Mama, die vor Freude die Tränen nicht zurückhalten konnte, ihr Kind in den Arm. Da bemerkte ich, wie, unsichtbar für alle, Esperanza auftauchte. Sie warf mir einen kurzen Blick zu. Dann ging sie zum Kind und zur Mutter. Sie streichelte beiden über den Kopf. Sie wollte auch mir damit zeigen, sie ist immer da, wenn sie gebraucht wird, um Kraft und Lebensmut zu geben. Sie achtet darauf, dass Verzweiflung und Verbitterung kaum eine Chance bekommen, die Oberhand in den Menschen zu gewinnen. Das Neugeborene ist ein Lichtblick, eine Geste des Lebens, die ich nur schwer in Worte fassen kann. Die Geburt ist ein magischer Moment. Um diesen nicht zu zerstören und ihn heilig zu sprechen, verließ ich den Raum. Ich hatte das Glück und die Freude der Mutter über ihr Kind in ihren Augen gesehen und ebenso die Selbstbestätigung, die die Schwestern und die Ärztin darin empfanden, diesen Augenblick geschehen zu lassen. Das ist das Geheimnis glücklicher Menschen. Sie erkennen genau diese Momente als Wunder und richten tiefen Dank an das Leben, das ihnen so unvergleichlich schöne Sekunden beschert. Und das ist eine der wichtigsten Antworten auf die Frage nach dem Sinn unseres Daseins. Es spüren, wann wir gebraucht werden und im Handeln für die Menschen, die wir lieben und auch für die, die wir respektieren, obwohl uns ihr Wesen nicht gefällt, Erfüllung finden. Oft hatte ich einen ganzen Strauß von Fragen an das Leben gestellt, jedoch die Antworten nicht immer gefunden. Legte ich jedoch vertrauensvoll mein Schicksal in die Hände der unsichtbaren Kräfte, in den Energiestrom, der alles aufnimmt und letzten Endes immer in eine positive Richtung lenkt, kam ein Gefühl der Befreiung in mir auf. Vieles ordnet sich ohne unser Dazutun, wenn wir den Mut haben, zu vertrauen und Verantwortung abzugeben, damit wir nicht versuchen, eine Last zu tragen, die jedoch für viele Schultern gedacht ist und an der wir, wenn wir sie uns alleine aufbürden, zusammenbrechen würden. Wir sind nicht für alles zuständig, nur für unseren Part. Das Leben kennt die Antwort auf jede Frage. Doch wir müssen sie nicht unbedingt alle kennen.

Mit diesem Gedanken im Gepäck beendete ich meinen Ausflug, kehrte zurück in mein Zimmer und schlüpfte in meinen Körper. Ich lag da und alles wirbelte durcheinander. Das gerade Erlebte hatte mich frohgestimmt. Doch der Sumpf der Erinnerung, die Ereignisse dort, mein grausames Handeln weckten in mir ein Schaudern vor mir selbst. Ich war überzeugt, es musste auch eine andere, die schöne Seite geben, damit alles ins Gleichgewicht gelangt. Wozu werden wir sonst auf die Welt geschickt? Welches sind unsere Aufgaben? Wieder einmal war der Sinnsucher in mir auf Wanderschaft, stellte seine Fragen, suchte Antworten, machte das Leben unnötig kompliziert. Eine Frage kristallisierte sich immer wieder heraus: Woraus gewinnen wir, wenn der Tag erwacht ist, das Leben uns zum Mitmachen auffordert, täglich die Kraft vorwärts zu gehen? Ich ließ die Frage einfach stehen, verwandelte mich in eine goldene Kugel und begann durch meinen wiedereroberten Körper zu rollen. Irgendwie war ich froh, ihn wiederzuhaben. Eine Euphorie trieb mich, ließ mich leicht und fröhlich werden. Da merkte ich plötzlich, wie eine unsichtbare Kraft mich anzog und mir die schöne Seite zeigen wollte. Ein heller Lichtschein vor mir ebnete mir den Weg zum „Palast meines Herzens". Er leuchtete vor mir. Mein Herz pulsierte. Vor meinen Augen verwandelte es sich in einen Palast mit einem prächtig gestalteten Eingangsportal. Die Fassade, die sich mir zeigte, lag in hellem Sonnenlicht. Viele Fenster waren mir zugewandt. Eines öffnete sich. Ich wagte es kaum zu glauben. Karina streckte ihren Kopf aus dem Fenster. Sie begann mir zuzuwinken. Nach und nach öffneten sich auch andere Fenster. Menschen, die mir wohlgesonnen waren und immer noch sind, schauten aus ihnen heraus. Alle hatten ein Lachen im Gesicht. Ihre Hände grüßten mich herzlich. Ich fühlte mich willkommen. Das waren sie, die Menschen, die es gut mit mir meinten, die mir am Herzen lagen. Ich erkannte sie. Es war meine Familie, meine Eltern, meine Großeltern, Freunde. Alle waren in meinem Herzen zu Hause. Ich hatte sie dort, jeden in sein eigenes Zimmer, einziehen lassen. So, als wollte ich sie immer bei mir haben. Ihr Winken erschien mir wie eine Aufforderung, zurückzukehren. Sie waren nicht damit einverstanden, dass ich sie schon verlasse. Ich hatte verstanden: Die Kraft zum Leben gewinnen wir vor allem daraus, für die Menschen, die wir lieben, die uns etwas bedeuten, die es ehrlich mit uns meinen, da zu sein. Füreinander da zu sein und einander durch das Leben zu helfen, sich gemeinsam zu freuen und zu lachen, gemeinsam traurig zu sein, sich zu ermutigen, weiterzumachen. Unsere Lebenskraft wächst, wenn wir es schaffen, unser Glück zu teilen. Wenn es uns gelingt, jeden Tag ein Lächeln auf das Gesicht eines anderen zu zaubern, das sich im Dominoprinzip weiterverbreitet, ist schon sehr viel gewonnen. Manchmal sind unsere Gefühle so übermächtig, dass wir es nicht schaffen, sie alleine zu verarbeiten. Die beste Lösung ist dann, sie zu teilen. Die traurigen werden soweit geschwächt, dass sie sich zum Schluss auflösen. Und die schönen gewinnen an Kraft, machen uns gegenseitig stark, erwecken eine unbändige Lebenslust, die uns unser Leben genießen lässt. Ganz allmählich schlossen sich die Fenster im Palast meines Herzens. Dass die dahinter liegenden Zimmer auf immer bewohnt bleiben würden, zeigte mir das helle Licht hinter den Scheiben. Die goldene Kugel, in die ich mich verwandelt hatte, löste sich auf in Lebensenergie, die begann, meinen ganzen Körper wieder in Besitz zu nehmen. Jetzt war ich gewappnet zur Rückkehr. Ich nahm meinen ganzen Körper wahr und wollte zurück ins Leben. Ich hatte gerade zu blinzeln begonnen, als sich plötzlich die Tür zu meinem Krankenzimmer öffnete. Mit etwas Mühe gelang es mir, die Augen offenzuhalten. Eine Krankenschwester trat an mein Bett. Als sie meine offenen Augen sah, sprach sie mich an:

„Herr Kanupke, können Sie mich hören?"

Einen kleinen Augenblick wollte ich noch warten. Doch als ich sah, dass die Schwester mit ihrer Hand meine rechte Wange nicht gerade tätscheln sondern auf sie schlagen wollte, um mich aufzumuntern, antwortete ich:

„Ja, ich bin es."

„Herr Kanupke, das ist schön. Sie sind wieder da. Wissen Sie denn, was passiert ist, warum Sie hier sind?"

„Nein", entgegnete ich, „aber Sie werden es mir gleich erzählen, nicht wahr?"

„Ja", sagte sie. Dann gab sie mir sofort eine Kurzfassung dessen, was geschehen war. Und da wurde mir bewusst, dass ich diesmal noch großes Glück gehabt hatte, ins Leben zurückzukehren zu können. Nachdem die Schwester den Raum verlassen hatte, fühlte ich mich stark genug, mein Leben ohne die Geräte weiterzuführen, an die ich angeschlossen war. Ich löste alles, was ich als fremd empfand, von meinem Körper. Ich wollte frei sein. Einige Minuten lag ich noch im Bett. Dann hatte ich genug Kraft in mir, die Bettdecke zurückzuschlagen, meine Beine zur Seite und in Richtung Fußboden zu bewegen. Mein Ziel war das Fenster.

8.30 Uhr, vor dem Krankenhaus

Karina steigt aufgeregt aus der Straßenbahn. Sie kann sich kaum konzentrieren. Hoffentlich ist Wolfgang schon da, denkt sie noch. Sie schaut über die Straße und sieht ihn vor dem Haupteingang. Er hebt die Hand, um ihr zuzuwinken. Ohne auf den Verkehr zu achten, läuft sie einfach los. Sie sieht weder nach links noch rechts und rennt einfach auf die Straße. So nimmt sie auch nicht das von rechts kommende Auto war. Der Fahrer beschleunigt gerade sein Fahrzeug. Und dann ist es zu spät. Das Auto erfasst Karina, schleudert sie durch die Luft. Sie fällt so unglücklich, dass ihr Kopf zuerst auf dem Asphalt aufschlägt. Es laufen noch zwei Passanten zu Karina, wollen helfen. Doch für Hilfe ist es schon zu spät. Karina hat ihren letzten Atemzug bereits getan. Wolfgang eilt heran. Er ist völlig verzweifelt. Damit hat er nicht gerechnet. Im Gegenteil. Er wollte ihr doch beiseite stehen, wollte mit ihr gemeinsam Torben wieder im Leben begrüßen. Alles vorbei. Du musst jetzt stark sein, sagt er sich. Er wiederholt diesen Satz zwei-, dreimal. Er nimmt all seine Kraft zusammen und beschließt, Torben zu besuchen. Doch wie sollte er ihm das, was gerade passiert ist, beibringen. Er weiß es nicht. Bevor er das Krankenhaus betritt, streift sein Blick noch einmal die Fensterreihe im dritten Stock. Er will den Blick schon abwenden. Da sieht er wie sich eines öffnete. Ein Mann schaut heraus. Torben, durchfährt es ihn. Es ist Torben. Mit versteinertem Blick schaut er auf die Straße. Hat er alles mitangesehen? Er hat alles mitangesehen. Gerade ist er zurückgekehrt. Und jetzt das. Er muss doch verzweifelt sein. Er bekommt die zweite Chance. Wollte mit ihr doch weiter durch das Leben gehen. Wolfgang beobachtet ihn. Was wird er tun. Plötzlich sieht er, wie Torben auf die Fensterbrüstung steigt. Nein, denkt Wolfgang, nicht er auch noch. Er will gerade rufen, um Torben auf sich aufmerksam zu machen.

Torben steht auf der Brüstung. Er bereut in diesem Moment, nicht bei Esperanza geblieben zu sein.

Er merkt, dass jede Entscheidung, die er fällt, auch immer eine falsche sein kann, begreift wieder einmal, es läuft im Leben oft nach undurchschaubaren Regeln. Und diese Regeln haben ihm gerade die rote Karte gezeigt. Es ist aus. Er will nicht mehr. Er ist allein im Zimmer. Der gerade neu gewonnene Lebensmut verlässt ihn. Er beschließt, seinem Leben endgültig ein Ende zu setzen, um in die Welt von Karina und Esperanza zu gelangen. Er zögert noch einen kurzen Augenblick, will dann springen. In diesem Moment klingelt das Telefon auf seinem Nachttisch. Was soll das jetzt noch nützen, dachte er, steigt jedoch vom Fenstersims und geht an den Hörer. Es ist seine Tochter, die sich meldet.

Ende

„Papa? Papa!" Die Traumnebel lösten sich auf. Die Welt, in der sich meine Seele bewegte, brach ziemlich ruckartig in sich zusammen. Esperanzas Gesicht zog noch einmal an mir vorbei.

Klar und plastisch. Sie schaute mich an. Die Strahlen ihrer wunderschönen Augen drangen noch einmal tief in mich ein, nahmen mich gefangen, lösten mich von allem und schufen für Sekunden ein Gefühl von intensiver Wärme und Geborgenheit. Ihre warmen Hände legten sich um meinen Hals, zogen mich heran zu sich. Ich spürte ihren warmen Atem auf meiner Haut. Ihre Hand näherte sich meinem Ohr und flüsterte: „Ich passe weiter auf dich auf. Für immer." Ihr Gesicht rutschte in Richtung meines Halses. Ihre warmen Lippen küssten mich dort und elektrisierten mich für einen kurzen Moment. Dann lösten sich ihre Hände. Sie trat ein paar Schritte zurück, lächelte mich noch einmal an, winkte mir wie zum Abschied noch einmal zu. Im Fortgehen löste sie sich auf. Doch ich fühlte mich nicht verlassen. Ich beschloss, weiterhin fest an die Sätze zu glauben, die sie mir ins Ohr geflüstert hatte. Meine Augen öffneten sich. Und wieder hörte ich es fragend und in die Wirklichkeit zurückrufend. „Papa? Kommst du auf den Balkon?" Das, was ich geglaubt hatte, noch in der Traumwelt erlebt zu haben, war Wirklichkeit geworden. Meine Tochter stand hinter dem Sessel. Sie schlang ihre Arme um mich, zog meinen Kopf zu sich heran, beugte sich etwas vor und gab mir einen Kuss auf den Hals. Sie flüsterte: „Papa, ich hab` dich lieb" ins Ohr. Nachdem sie meine geöffneten Augen registriert hatte, löste sich ihre Umarmung. In diesem Moment

98

wurde mir klar: Es war alles nur ein Traum. Die Erfahrung mit Esperanza war eine sehr schöne. Doch sind nicht die Menschen, die wir lieben und die unsere Liebe auch erwidern, die wahren Schutzengel auf Erden?

Nachwort

Schutzengel öffnen sich uns nicht in einer Scheinwelt. Sie sind da, wenn wir sie brauchen. Es sind die Menschen, die wir dazu auserkoren haben. Kann es etwas Schöneres, Höheres, Wärmeres geben als lebendig und wahrhaft gezeigte Gefühle, die ungeschminkt und von Herzen kommen. Kann es überhaupt etwas Wertvolleres geben als heile Beziehungen zwischen Menschen, die es immer gut miteinander meinen und auch in schweren Lebensphasen füreinander da sind. Nein. Und wenn auch in euer Leben solche Menschen getreten sind, die euch ihre Hand reichen, die euch ihre Aufmerksamkeit geben, die euch zuhören, wenn es Momente gibt, in denen es euch nicht gelingt, die Puzzlestücke des Lebens zu einem schönen Bild zusammenzusetzen sondern dieses Bild momentan in eurem Geist etwas angegraut und verzerrt erscheint, dann bringt in euch die Kraft auf, diese Hand zu ergreifen. Gemeinsam geht es sich auf der Straße des Lebens leichter. Die Wege erscheinen euch kürzer. Die Hürden, die sich manchmal nicht vermeiden lassen, kleiner. Die Sonne scheint wärmer und macht euer Leben zu einer wunderschönen Reise durch die Ewigkeit. Lebt diesen Moment. Verwehrt eurer Vergangenheit, sich ständig in den heutigen Tag einzumischen. Dazu hat sie kein Recht. Richtet euren Blick nach vorne. Immer! Der Gedanke, ein unsichtbarer Engel beschützt euch, wirkt beruhigend und wärmend. Es ist die kleine heile Welt, die wir uns täglich aus unseren Gedanken zusammenbauen. Und in der wir das suchen, was jeder Mensch, wenn er ehrlich genug zu sich ist, im Grunde seines Herzens auch finden kann. Geborgenheit und Sicherheit, die beide das Vertrauen in sich selbst, das Selbstvertrauen stützen und es im Laufe der Zeit aufbauen zu einem unsichtbaren Steuer. Wir halten uns daran fest und fahren unbeirrbar auf dem Fluss des Lebens dahin. Nichts macht uns Angst, wenn wir nur fest genug an die Kraft, die in uns wohnt, glauben und sie täglich bewahren und stärken. Ein unsichtbarer Engel kann diesen Gedanken durchaus stützen. Doch wahren Kraftzufluss erfahren wir nur durch die sichtbaren Engel, die uns jeden Tag begleiten. Wenn euer Herz und euer Verstand gemeinsam agieren und die Nadel eures Lebenskompasses immer in die richtige Richtung pendelt, wird es euch nicht schwerfallen, diese Engel zu entdecken und sich ihnen zuzuwenden. Lasst euren Weg nicht mehr behindern von Menschen, die, bewusst oder unbewusst, darauf aus sind, euch die Kraft, die in euch wohnt, zu entziehen. Im Laufe der Zeit trennt sich die Spreu vom Weizen. Und wenn ihr mit Konsequenz und Hartnäckigkeit diesen Weg unter dieser Prämisse geht, wird euer Leben im Laufe der Zeit immer schöner und lebenswerter werden. Ihr erlebt es als eine meist glückliche Reise durch die Zeit.

Marrakesch

Diese Geschichte schildert, wie Astrid und Aziz sich kennengelernt haben, kurz getrennt waren und wieder zusammen gekommen sind. Sie kämpfen um Glück, Liebe und Heirat, damit sie endlich zusammenleben können und nie wieder getrennt sind. Welche Gefühle und Sorgen es bringt, wenn man mit dem Herzen liebt und wie lange es dauert, bis die Liebe bei einem ist, für immer. Das wird hier geschildert. So viele Tränen wurden schon vergossen. Astrid und Aziz freuen sich schon auf die Zeit des Lachens und des gemeinsamen Glücks. Denn diese Zeit wird kommen. Wichtig ist es, dass wir die Sprache des Herzens verstehen. Alles andere wird dann unwichtig.

Der Anfang

„Ein schöner Frühlingsmorgen", denke ich so bei mir, als ich aus dem Taxi aussteige, das mich nach Hamburg-Fuhlsbüttel gebracht hat. Ich drücke einen Brief von meinem Anwalt, der in der Innentasche meines Blazers steckt, an mein Herz und halte es vor Spannung kaum noch aus. Um diese Zeit ist es ruhig in Fuhlsbüttel. Ein paar Fluggäste haben sich vor der Anzeigetafel gesammelt und studieren ihre Flugzeiten. Ich gehe zielgerichtet zum Check-in. Für mich ist es schon zur

Gewohnheit geworden, regelmäßig für ein paar Tage nach Marokko zu fliegen, zu meinem Mann. Doch ich habe jetzt keine Zeit, in meiner Vergangenheit rumzuwühlen. Ich muss zum Check-in. Und deswegen beschließe ich, mich erst nach dem Start wieder damit zu befassen. Trotzdem lässt mich die innere Unruhe nicht los. Alles lastet auf mir wie ein Felsen, der von Monat zu Monat größer wird. Ich schaffe es kaum noch, meinen Alltag zu bewältigen.

Mein Name ist Astrid. Ich bin 52 Jahre und verliebt bis über beide Ohren. Mein Mann, und sie können jetzt denken, was sie wollen, denn das liegt nicht in meiner Hand, mein Mann ist Marokkaner und halb so alt wie ich. Doch mit der Zeit nimmt die Verzweiflung immer mehr Raum in unserem Leben ein und verdrängt jegliche Lebensfreude. Denn irgendjemand scheint etwas dagegen zu haben, dass wir unsere Liebe ausleben.

Ich gebe beim Check-in meinen Koffer auf, greife nach meiner Handtasche. Im Terminal 2 herrscht relative Ruhe so früh am Morgen. Meine Maschine nach Rabat (Marokko) geht erst in 70 Minuten. Ich habe also noch viel Zeit. Die Treppe zur Aussichtsplattform hochsteigend, beschließe ich, den Flugbetrieb zu beobachten und nebenbei von meinem Mann zu träumen, der sicherlich schon die Minuten zählt, bis wir uns wieder in die Arme nehmen können. Während ich einer Boing 330 beim Start zuschaue, taucht vor meinen Augen Agadir auf. Ich freue mich schon, wieder mit ihm durch die Gassen zu schlendern, Tee zu trinken, die Menschen in ihrer Eigenart zu beobachten. Auch wenn es wieder nur für ein paar Tage ist. Wenn wir zusammen sind, fühlen wir uns stark. Doch wenn der Wind, so wie es uns passiert, seit Monaten nur von vorne und stark weht, dann müssen wir aufpassen, dass wir nicht unsere Kraft verlieren. Die Kraft, für unsere Liebe jeden Widerstand zu überwinden.

Die siebzig Minuten sind wie im Flug vergangen. Und ich freue mich riesig auf den meinen. Entschlossen gehe ich, mit der Handtasche unter dem Arm, zum Sicherheitscheck, um dann ein paar Minuten später im Gate Platz zu nehmen. Ich sitze noch nicht lange, da wird schon mein Flug aufgerufen. Freudenschauer laufen über meinen Rücken. Das Streiten für unsere Gefühle hat mich selbst auch unheimlich stark gemacht. Jeden kleinen Sieg, den wir bis jetzt errungen haben, hat uns groß gemacht. Jede Hilfe, die wir bekamen, lässt unsere Hoffnung auf ein gutes Ende wachsen. Optimistisch und gut gelaunt betrete ich die Maschine, begrüße freundlich die Stewardess und werfe noch einen Blick durch die offene Tür in das Cockpit. Trotz der Hektik, die die anderen Fluggäste verbreiten, bin ich innerlich ruhig und entspannt. Es ist die Vorfreude auf unser Wiedersehen. Ich suche meine Sitzreihe im hinteren Teil des Flugzeugs auf, nehme am Fenster Platz und bin schon gespannt, welchen Sitznachbarn ich auf diesem, meinem dritten Flug nach Marokko in diesem Jahr, vom Leben präsentiert bekomme. Draußen ist es kalt. Wind weht scharf über das Flugfeld. Leise Musik und angenehme Hektik sind permanent um mich und machen mir das Herz leicht. Die Stewardessen kontrollieren die Gepäckklappen. Die Piloten beenden ihren Check. Dann kommt die erlösende Stimme: „Boarding complete!" Es geht los. Endlich.

Wo bleibt mein Sitznachbar? Frage ich mich gerade. Da nimmt schon ein junger Mann neben mir Platz, lächelt mich an und schnallt sich mit dem Sicherheitsgurt fest. Die Maschine rollt langsam zum Start. Das Stimmengewirr wird leiser. Die freudige Anspannung bei den Fluggästen nimmt zu. Wir rollen in einer Rechtskurve langsam auf die Startbahn. Die Maschine hält noch einmal kurz an. Der Pilot beginnt die Turbinen hochzufahren. Und dann kommt der Moment, der mir immer wieder zeigt, wie schön das Leben trotz aller Hindernisse sein kann. Die Motoren werden lauter. Die Boeing beginnt zu rollen, wird immer schneller und erhebt sich wie ein Vogel langsam in die Lüfte. Ich beginne zu schlucken, um den Druckausgleich zu bewältigen. Die Maschine braucht schon eine Weile, bis die endgültige Reisehöhe erreicht ist. Die Anspannung in den Gesichtern weicht einer freudigen Erwartung. Leise Gespräche beginnen wieder. Ich schaue noch kurz nach links zu meinem Sitznachbarn. Dann lehne ich mich zurück, um mich etwas auszuruhen und mich nach Marokko zu träumen.

Meine Augen öffnen sich wieder, als der Pilot beginnt, ergänzende Ausführungen zu machen, die, so wie mir scheint, niemanden interessieren. Ich werfe einen kurzen Seitenblick auf den Mann neben wir, will schon wieder die Augen schließen, da spricht er mich an: „Guten Morgen, ich bin Abdali Konosi!" Ich überlege kurz, ob ich überhaupt antworten soll. Eigentlich will ich meine Ruhe und den Flug genießen. Doch das würde dieser Mann nicht verstehen. Also lasse ich mich auf ein Gespräch ein. „Ich bin Astrid und fliege zu meinem Mann. Für eine Woche." Ergänze ich noch. Seine Augen schauen mich etwas ungläubig an. „Du fliegst zu deinem Mann. Ist er etwa Marokkaner?" „Ja." „Und warum lebt ihr dann nicht zusammen?" In diesem Moment huscht eine Entschuldigung über sein Gesicht. So, als ob er wohl dieser Frage nicht hätte stellen sollen. „Ist schon in Ordnung." Sagte ich. Und in dem Moment war mir klar, ich komme aus dieser Nummer nicht mehr raus. Ich kramte kurz ein Manuskript aus meiner Handtasche, gab es ihm und ergänzte noch mit den Worten „Lesen Sie das mal. Wir haben noch ein paar Flugstunden vor uns. Wenn Sie fertig sind, können wir uns gerne darüber unterhalten." Interessiert nimmt er das Manuskript in die Hand und beginnt zu lesen.

Ich kam durch eine gute Freundin zu Skyrock. Da lernte ich einen jungen Marokkaner kennen. Als er mich anschrieb, dachte ich, er ist sehr jung und ich war alt, aber es stellte sich heraus, dass er in Gedanken weiter war als manch einer mit einem höheren Alter. Wir schrieben eine Weile und dann fuhr ich das erste Mal nach Marokko. Ich hatte vorher von diesem Land nur in den Medien und im Internet gelesen. Gesehen hatte ich es nie. Als ich dann Aziz das erste Mal sah, fiel mir mein Traum ein, den ich vor Jahren hatte. Ich sah ihn und ich war hin und weg genau wie damals. Wir begrüßten uns, wie es in Marokko Sitte war: 3 Küsse auf die Wangen. Dann nahm er mich bei der Hand und wir verbrachten die Nacht in Marrakesch. Es war traumhaft. Er sagte mir so süße Worte wie ich sie seit langem nicht gehört habe. Mein Herz begann immer schneller zu schlagen, ich dachte ich bekomme keine Luft mehr, so stark zog er mich in seinen Bann. Wir kamen an eine Moschee. Sie war beleuchtet. Ich konnte meine Augen nicht von Ihm lassen, konnte kaum glauben dass ich so lieben kann. Ich sah in den Himmel, sah sehr viele Sterne und ich wünschte mir, dass er mich in seine Arme nimmt und mir sagt, dass er mich liebt. Er nahm mich in seine Arme und er sagte "Mein Herz liebt dich." Ich war sehr glücklich in seinen Armen. Die Nacht war besonders für mich. Es war die erste Nacht, die wir zusammen verbrachten in unserem Leben. Voller Zärtlichkeiten füreinander vergaßen wir die Welt um uns her.

Als der nächste Tag anbrach, fuhren wir mit dem Bus nach Safi. Das ist eine kleine arme Stadt in Marokko. Dort lebt er mit seiner Familie. Er brachte mich in einem kleinen Hotel unter. Ich duschte und nach circa 2 Stunden trafen wir uns vor dem Hotel. Er nahm mich an die Hand. Wir gingen durch die Straßen zu einem Freund von ihm. Der Freund war sehr nett. Wir gingen alle drei zusammen Fisch essen. Der Fisch, „Sardinen", wurde ausgesucht und dann geräuchert zu uns gebracht. Ich wusste nicht, wie man ihn isst. So half mir Aziz dabei. Er zerkleinerte den Fisch so, dass ich ihn nur noch essen musste. Die Sardinen schmeckten sehr gut. Als wir mit dem Essen fertig waren, liefen wir stundenlang durch Medina. Es war schön. Wir machten sehr viele Fotos. In Medina gibt es einen Markt, den wir dann abends besuchten. Aziz wollte mich irgendwann zum Hotel bringen, aber sein Freund machte den Vorschlag: „Hole Ihre Sachen und bringe Sie dann bei Dir zu Hause unter!" Wir holten meine Sachen aus dem Hotel, gingen dann mit seinem Freund ein Stück zu Fuß. Dann sagte ich zu Aziz: Rufe bitte deine Mutter an. Frage Sie, ob sie damit einverstanden ist. Die Mutter willigte ein. So nahmen wir uns ein Taxi, fuhren zu ihm nach Hause. Dort wartete schon seine Mutter, Schwester und sein kleiner Bruder auf uns. Ich wurde sehr freundlich empfangen. Wir zogen uns in sein Zimmer zurück, wo wir uns dann für die Nacht fertig machten.

Wir waren sehr müde. Ich schlief in seinen Armen sehr schnell ein. Am nächsten Morgen, als wir erwachten, sorgte er für warmes Wasser zum Duschen. Bis das Wasser fertig war, frühstückten wir, tranken Tee. Dann ging ich zum Duschen. Als er geduscht hatte, zogen wir los. Wir gingen eine kurze Zeit durch Safi, nahmen uns dann ein Taxi nach Medina. Als wir so durch die Straßen von Medina gingen, knickte ich mit dem rechten Fuß um. Es tat sehr weh. Ich setzte mich kurz an den Straßenrand, sah meinen Knöchel an. Er war etwas geschwollen. Aber ich wollte weiter gehen und so verkniff ich mir den Schmerz.

Wir gingen dann zu einem Kaffee. Aziz machte sich Sorgen um meinen Knöchel. Er sagte: Lass uns nach Hause fahren. So gingen wir ein Stück, bis wir ein Taxi fanden, das uns bis vor die Tür gebracht hatte. Als ich Aziz Heim betrat, stand seine Mutter in der Küche und backte Brot. Als sie sah, dass ich humpelte, war sie so besorgt um mich, dass sie sich ihren Arm verbrannte. Sie eilte zu mir, fragte Aziz auf Arabisch, was passiert sei und brachte Salbe für mein Knöchel und verband alles mit einer Binde. Sie machte sich sehr große Sorgen um mich. So was kannte ich vorher nicht. Den Rest des Tages verbrachten wir im Haus, ich legte meinen Fuß hoch und hoffte, dass es schnell besser wird. Am nächsten Morgen bekam ich einen neuen Verband. Der Knöchel war immer noch ganz schön geschwollen. Aber ich wollte trotzdem etwas unternehmen und so überredete ich Aziz, mit mir nach Medina zu fahren. Es klappte. Wir fuhren nach Medina. Er zeigte mir alles. Ich begann Medina zu lieben. Die Zweisamkeit mit ihm war wunderschön. Er zog mich immer mehr in seinen Bann. So vergingen die Tage und ehe ich mich versah, war meine Woche Urlaub zu Ende. Er fuhr abends mit mir nach Marrakesch, wo wir die Nacht verbrachten, damit ich pünktlich am Flughafen war. Wir saßen in einem Café. Ich weinte, denn ich wollte nicht zurück nach Deutschland. Er sagte, du hast Arbeit und eine Wohnung in Deutschland. Ich wusste, dass er Recht hatte. Trotzdem rief ich einen Freund in Deutschland an, fragte um Rat. Mein Freund sagte, er hat Recht, du hast Arbeit und eine Wohnung, aber Du musst alleine entscheiden, was du machst.

Ich weinte, denn meine Liebe zu Aziz wuchs immer mehr. Nachdem Kaffee gingen wir in einen Park in Marrakesch. Er sagte zu mir: Schließe deine Augen.

Nach ungefähr einer Minute sagte er: Öffne Deine Augen Bitte. Ich dachte, ich träume, er kniete vor mir mit einem Ring in der Hand und sagte: „Ich liebe Dich. Willst Du meine Frau werden?" Mir standen vor Freude die Tränen in den Augen. Ich sagte: Ja. Es war so ein schöner Antrag. Ich konnte nicht glauben, dass ich so glücklich bin. Ich nahm ihn in meine Arme, gab ihm einen Kuss und sagte: **Ich liebe Dich über alles.** Dann flog ich weinend wieder nach Deutschland. Zurück in Deutschland hatte ich jeden Tag Kontakt zu Aziz. Wir hielten Kontakt über Internet und Handy. Er sagte: Mein Herz liebt Dich und ich liebe Dich von Tag zu Tag mehr. Ich rief ihn an, so oft ich konnte, weil er mir fehlte. Zwei Monate später flog ich wieder zu ihm, dann fast für 3 Monate. Ich wollte sehen, ob wir auch im Alltag so gut zurechtkommen. Alles lief gut. Wir waren einen ganzen Tag und eine Nacht im Dorf bei seiner Tante. Es war komisch dort. Es gab keine Dusche, auch keine Toilette. Wir waren im Dorf unterwegs. Alles war aus Stein. Es gab dort sehr viele Ziegen und Lämmer. Ich hatte sogar eins auf dem Arm. In der Großstadt, wo ich lebe, wäre so was nicht möglich. Ich genoss die Zeit mit ihm. Abends sahen wir uns den Sternenhimmel an.

Ich staunte, weil ich so viele Sterne zuvor nicht gesehen hatte. Es war ganz deutlich die Milchstraße zu sehen. Es war einer dieser Wow-Momente, die es so selten gibt im Leben. Wunderschön. Es wurde spät. Wir mussten schlafen gehen. Am nächsten Morgen aßen wir Brot und tranken Tee und danach zeigte uns sein Onkel das Haus, welches sein Sohn sich alleine baute. Das Haus war nicht weit von der Straße entfernt. Wir mussten noch eine ganze Weile laufen bis zur Bushaltestelle. Es war sehr heiß. Ich hatte Durst. Aziz brachte mir einen Kaffee. Nach langer Zeit kam dann der Bus. Wir fuhren nach Safi zurück. Als wir endlich bei ihm zu Hause angekommen waren, wollte ich nur duschen. Er auch. Seine Mutter machte Wasser heiß, so dass ich als erstes Duschen konnte. Ich fühlte mich wieder wohl. Danach ging Aziz duschen. In der Zeit föhnte ich meine Haare und machte mich zurecht.

Später gingen wir noch etwas in Safi spazieren. Es wurde dunkel, wir gingen schlafen. Aber wir konnten es nicht. Leise Musik erfüllte den Raum. Er war weiterhin immer für mich da und machte mich sehr glücklich. Wir redeten viel, am meisten über das Heiraten. Nach 10 Wochen flog ich wieder nach Deutschland. Wieder fiel der Abschied sehr schwer. Ich weinte sehr viel und als ich durch den Zoll ging, rief Aziz mich. Ich konnte nicht zurück. Ich weinte nur und rief ihm zu: ICH LIEBE DICH ÜBER ALLES. Als ich in Deutschland ankam, dachte ich, mich trifft der Schlag. Mein Ex hatte mir fast die ganze Wohnung ausgeräumt und mir eine Menge Schulden hinter lassen. Ich fing an zu weinen. Ich war allein. Mein Schatz war in Marokko. Wie sollte ich das alles schaffen? Ich begann, meine Wohnung zu reinigen, so dass ich mich wieder zu Hause fühlen konnte. Am Montag ging ich dann zum Arbeitsamt und stellte einen neuen Antrag, damit ich etwas Geld hatte. Ich ging zum Anwalt und zeigte meinen Ex an. Aber wie jeder weiß: Die Gerichte brauchen sehr lange.

Dann kamen die Feiertage. Ostern ohne Mann und ich sollte alleine sein. Das ging gar nicht. Also flog ich nach Marokko zu meinem Süßen. Er kam zum Flughafen und mein Herz schlug sehr schnell. Ich dachte, ich bekomme keine Luft mehr, weil er meine Luft zum Atmen ist. Wir verbrachten die Nacht wieder in Safi, denn mein Gepäck kam nicht in Marrakesch an. Das war mir egal, ich brauchte nur Ihn. Ich liebe **Ihn** mehr als alles andere auf der Welt. Wir zusammen sind alles. Das merkte ich immer mehr. Am nächsten Morgen holten wir mein Gepäck. Ich vermisste mein Handy. Es war weg. Aber keiner hatte es. Gegen Mittag fuhren wir mit dem Bus nach Safi zu seiner Familie. Es war so schön, alle wieder zu sehen. Ich habe sie alle so vermisst. Wir aßen was und gingen in die Stadt und zum Meer. Ich hatte Ihn für mich alleine. Ich war glücklich, bei Ihm zu sein. Wir unternahmen jeden Tag was, ich saß sogar auf einem Pferd. Die Tage vergingen schnell. Aziz borgte sich ein Mofa aus. Wir fuhren damit sehr viel rum. Es war schön für mich, denn auf dem Mofa konnte ich Ihn umarmen, weil ich mich festhalten musste. Dann nahte der Tag des Abschieds. Ich wollte nicht, aber ich musste zurück. Ich sah meinen Süßen, wäre am liebsten in seine Arme gelaufen. Dort verbrachte ich schöne 15 Tage, voller Liebe und Glück. Dann musste ich wieder zurück nach Deutschland.

Ich war wieder alleine mit all meinen Problemen, aber ich ließ mich nicht unterkriegen. Ich kämpfte für alles. Ich hielt, so oft ich konnte, Kontakt zu meinem Süßen, bemühte mich um Arbeit, bekam sehr viele Absagen. Aber ich ließ mich nicht unterkriegen. Ich kämpfte weiter für mein Glück. Mein Süßer machte die A1, damit wir heiraten können. Heute versuche ich einen Aushilfsjob, hoffe, dass es klappt, denn ich brauche unbedingt Arbeit, damit ich endlich glücklich sein kann und wieder leben kann. Leben kann ich nur, wenn mein Schatz bei mir ist. Er ist alles, was ich habe und brauche. Ich hoffe, ich bekomme den Job und verdiene gutes Geld. Das brauchen wir. Mein Leben in Deutschland ist kein Leben ohne meinen Schatz. Er fehlt mir jeden Tag aufs Neue. Ich esse nicht und schlafe nicht, denke nur an Ihn die ganze Zeit. Ich gehe zu Ämtern, Anwälten, wegen meiner Papiere. Und zu Ärzten. Ich suche eine neue Wohnung für Ihn und für mich, wo wir glücklich sein können. Ich liebe diese Familie in Marokko. Ich kann und werde sie nicht vergessen. Sie haben mir so viel Liebe gegeben. So was kannte ich nicht. Nach einer Weile sagte Aziz, er liebt mich und er kann mich nie vergessen und ich war sehr froh, dass er das sagte. Denn meine Liebe zu ihm ist unbeschreiblich groß. Er ist der einzige. Ihn will ich, für **immer und ewig.** Er sagte, er gibt mir noch eine Chance. Ich bin so glücklich. Ich bemühe mich um meine Papiere, damit er sieht, meine Liebe ist wahre Liebe für Ihn allein. Damit wir heiraten können und ich wieder lebe. Ich sehe mir morgen eine Wohnung an, hoffe, ich bekomme sie, für ihn und für mich. Ich hoffe, ich habe schnell Arbeit, damit alles gut ist. Ich wünsche mir so sehr, dass Aziz mir vertraut und für immer bei mir ist. Ich fühle mich einsam und verlassen und leer ohne Ihn. Er ist mein Leben. Ohne Ihn kann und will ich nicht mehr leben.

Ich hoffe, es kommt der Tag, an dem ich nicht mehr weinen muss für meine Liebe zu Aziz. Ich habe alle Freundschaften beendet für Ihn. Ich gehe nicht mehr unter die Menschen. Ich suche keine Stätten der Freude auf. Mich erfüllt nur noch das Gefühl, das große Gefühl der Liebe für Ihn, den Einzigen. Aziz. Ich chatte mit ihm. Ich mache alles, was er sagt. Für ihn und ich hoffe, er glaubt mir, er vertraut mir. Ich will doch nicht viel. Ich will ihn lieben. Unsere Liebe soll endlich anerkannt werden. Sie allein gibt meinem Leben Sinn. Jedes Leben, jede Seele ist auf der Suche. Nach nur einem, nach der Liebe. Oft braucht es viel Zeit, das zu sehen. Doch irgendwann ist die Erkenntnis da: Wenn Du den Menschen gefunden hast, beide Herzen im gleichen Takt schlagen. Lass` diesen Menschen nicht mehr los. Niemals. Nun habe ich alle Papiere zusammen. Das, was noch fehlt, ist Arbeit, ist ein Job. Doch darum kümmere ich mich morgen. Ich will ihn heiraten. Ohne Wenn und Aber und spätestens im September. Ich überschreite für diese, meine wahrscheinlich einzige große Liebe, Grenzen, die mich sonst eingeengt haben. Der Kampf um die Liebe zu Aziz macht mich unheimlich stark. So habe ich einen Brief an Kai Pflaume geschrieben. Doch es kam keine Reaktion. Kai Pflaume, so dachte ich, ist ein Mann, der das Gefühl der Liebe eher fördert. Doch, so scheint es mir jetzt, tut er es auch nur für sein Image. Denn wenn er mit seiner ganzen Person hinter dem stehen würde, was er im Fernsehen propagiert, so hätte er auf meinen Brief reagiert. Vielleicht, sicher sogar, schätzt er meine persönliche Situation anders ein. Vielleicht hat er auch gemerkt, dass meine Geschichte eine Hürde ist, die zu bewältigen, auch ihn eine Menge Kraft kosten würde. Und so hat er sich, ohne es zu begründen, zurückgezogen. Einfach NICHT reagiert. Das lässt mich an seiner Glaubwürdigkeit zweifeln.

Aziz fehlt mir so sehr. Ich will und kann nicht mehr ohne ihn sein. Er ist mein ganzes Leben. Nun habe ich wieder, wie jeden Abend, Kontakt zu Aziz. Tag für Tag fehlt er mir mehr. Was soll ich nur tun? Jeden Tag schreibe ich über 10 Mails. Es sind Bewerbungen. Doch es kommen nur Absagen. Ich will im September heiraten. Doch das kann ich nur, wenn ich Arbeit habe. Hilfe habe ich keine. Jeden Tag, wenn ich Kontakt zu Aziz habe, weine ich während des Gesprächs. Ich kann ihm keine guten Nachrichten übermitteln. Ich habe Angst, dass eines Tages Zweifel in ihm aufkommen. Ich will ihn nicht verlieren. Er ist der Einzige, der mir Hoffnung gibt, noch im Alltag zu Recht zu kommen. Alle meine Bemühungen haben nur ein Ziel. Wir wollen einfach nur zusammen sein. Es kann nicht sein, dass wir keine Hilfe bekommen, nur weil wir aus unterschiedlichen Kulturkreisen stammen. Das kann doch nicht sein. Das will ich nicht glauben.

Sind die Menschen, die uns helfen können, denn wirklich so egoistisch, dass sie mein Schicksal nicht interessiert? Ist das alles nur Schein? Sind diese Menschen in der Beschäftigung mit sich selbst so angespannt, dass sie meine Situation nicht verstehen wollen, mir nicht helfen wollen? Ich weiß bald nicht mehr weiter. Jeder Tag, an dem ich ihm keine gute Nachricht übermitteln kann, macht mich jedoch nicht schwach. Es macht mich stark, um diese Liebe zu kämpfen. Und eines fernen Tages werde ich diesen Kampf gewinnen. Ich weiß es, tief in meinem Herzen. **DAS** macht mich stark. Ich möchte ohne ihn nicht leben. Es würde mein Herz brechen. Eines Tages. Wer weiß schon, wann. Was soll ich machen? Ich will für immer mit Ihm zusammen sein, warum machen Botschaften wahre Liebe vom Geld abhängig. Das ist doch nicht fair. Ich wollte es nicht glauben. Doch ich habe es selbst erlebt. Da, wo die Menschen ein Herz haben sollten. Ein Herz, das fühlt, das liebt. Da gibt es Menschen, die haben an dieser Stelle einen Stein. Einen kalten. Einen eiskalten. Jeden Tag sagt er, dass er mich liebt und dass er mich so sehr vermisst. Jeden Tag höre ich, dass er weint genau wie ich. Jeden Tag sehe ich alle Fotos und höre unsere Musik und weine, weil, wenn wir zusammen sind, wir glücklich sind und sehr schöne Momente und Erinnerungen haben. Ich weiß nicht, wie lange ich das noch aushalten soll. Doch es wird ein gutes Ende geben. Daran glaube ich fest und **JEDEN TAG.** Ich möchte, dass er für immer bei mir ist, dass ich leben kann, denn im Moment lebe ich nicht. Das kann ich nur, wenn er bei mir ist, für immer und ewig. Nun hat er in 2 Wochen, genau am 22. Juli 2011, seine A1 Prüfung. Ich weiß, er besteht sie. Er spricht sehr gut Deutsch. Er hat eine wunderbare Stimme, wenn er Deutsch spricht. Gestern Abend sang er für mich ins Mikrophon. Ich war so glücklich, ihn zu hören. Er fehlt mir so sehr, ich habe Angst, sehr große Angst, ihn zu verlieren. Das will ich nicht. Ich möchte, dass er bei mir ist, für immer und ewig in Deutschland.

Nun nahm ich allen Mut zusammen, habe in einem Herrensalon gefragt, weil der Salonbesitzer einen Herrenfrisör sucht. Ich sagte, ich habe ein Problem. Er sagte, es gibt keine Probleme. Ich sagte: Doch! Ich habe eins, bitte helfen Sie mir. Ich erklärte ihm, dem Frisör, meine Situation, dass ich sehr viele Bewerbungen schreibe allerdings ohne Erfolg. Dass ich meinen Schatz nur heiraten kann, wenn ich Arbeit habe und dass es sehr schlecht aussieht und das ich Ihn sehr vermisse. Mein Schatz, Aziz, ist Frisör. Er hat sogar ein Diplom dafür. Aziz ist gut in seinem Beruf. Der Friseur erklärte mir, ich solle ihm Daten von Aziz bringen. Dann würde er mir eine Bescheinigung, eine Arbeitserlaubnis schreiben, denn er bräuchte dringend eine Arbeitskraft, einen Friseur, in seinem Salon. Das weiß auch das Ausländeramt, sagte er. Ich bedankte mich bei dem Mann, ging nach Hause und suchte alles, was ich hatte, zusammen und brachte es noch am selben Tag zu dem Salonbetreiber. Er versprach, da er allein im Salon wäre, würde er sich hinsetzen und etwas ausformulieren. Ich war glücklich. Sollte mein Traum endlich in Erfüllung gehen und mein Schatz bald bei mir sein?

Die Durststrecke

Mein Herz schlug sehr schnell. Ich war glücklich, rief meinen Schatz an und erzählte ihm davon. Er konnte es nicht glauben, fragte mich, ob man dem Mann trauen könnte. „Ja," sprach ich, „Ich vertraue ihm. Ich gebe dir seine Telefonnummer. Sprich` mit ihm. Du wirst sehen, du kannst ihm vertrauen." Es dauerte etwas, weil er für ein paar Tage nach Safi fuhr. Von dort aus rief er den Mann im Salon an. Aziz war überrascht bei unserem nächsten Kontakt. Er hatte das Gefühl, diesem Mann vertrauen zu können. Ich bestätigte Aziz noch einmal, dass ich diesem Mann vertraue. Ich lächelte, war glücklich. Aziz fuhr wieder nach Casablanca. Noch eine Woche, dann hat er sein Examen in A1. Er lernt Tag und Nacht. Wir haben kaum Kontakt, weil er hat kein Internet hat und außerdem kein Geld. Ich schicke ihm täglich SMS. Ich versuche, ihn alle zwei Tage anzurufen, weil er mir so sehr fehlt. Jeden Abend sehe ich sein Foto. Ich weine, weil er nicht bei mir ist und ich es so gerne wäre. Er ist wirklich die Liebe meines Lebens. Ich möchte ihn nicht verlieren. Er ist alles, was ich im Leben noch brauche. Er ist das fehlende Puzzlestück im Mosaik meines Lebens. Das kleine Stück, das mir noch fehlt, um wahres tiefes Glück zu empfinden. Ich glaube fest daran, dieses Puzzlestück noch in meinen Lebensplan einfügen zu können. Irgendwann. Ich hoffe, diese Woche, wenn ich zu dem Mann in den Salon gehe, er sagt, dass alles in Ordnung ist und mein Schatz im August kommen kann. Ich wünsche mir nichts sehnlicher auf der Welt. Dann heiraten wir so schnell wie möglich. Das wollen wir beide so sehr, weil es wahre Liebe ist, um die ich mit allem, was ich habe, kämpfe. Denn wenn er da ist, dann fange ich wieder an zu leben. Im Moment lebe ich nicht, es tut so weh, so weh, dass er nicht bei mir ist. Heute war ich bei dem Mann im Salon. Er gab mir eine Arbeitsbescheinigung, die ich sofort zu Aziz gemailt habe. Danach rief ich ihn an, erzählte ihm, dass er mit der Arbeitsbescheinigung zur Botschaft gehen und einen Visaantrag stellen soll. Ich hoffe, dass er alles verstanden hat. Nun heißt es warten. Habe ihn um16.00 Uhr angerufen. Er war bei einem Freund. Sie wollten die ganze Nacht lernen, um für die Prüfung fit zu sein. Ich weiß, er schafft es, da er sehr schnell lernt und auch begreift. Bin richtig stolz auf Ihn. Alle meine Gedanken sind nur bei ihm. Er fehlt mir so sehr. Ohne ihn fühle ich mich so allein. Das ist kein Leben ohne Ihn. Heute bin ich sehr aufgeregt. Er hat seine A1 Prüfung. Hoffe, alles geht gut. Um 15.00 Uhr werde ich ihn anrufen. Bitte, Allah, lass ihn die Prüfung bestehen. Damit er endlich zu mir kommen kann. Ich bin so aufgeregt, oh Mann. Habe ihn erreicht. Er hat 84 Punkte. Er hat es geschafft. Er hat die A1. Ich bin so stolz und glücklich. Wenn er bei mir wäre, ich würde ihn nie mehr los lassen.

Konnte lange nicht mit ihm sprechen. Sein Akku war alle. Ich hätte so gerne länger mit ihm gesprochen. Ihm sagen, ich liebe dich, ich vermisse dich, ich bin sehr stolz auf dich. Ich habe ihm 3 SMS gesendet. Sein Handy ist aus. Ich weiß nicht, warum, weil, er hat ja 2 SMS gehabt. Nun ist sein Handy wieder aus, er fehlt mir so sehr. Sein Handy ist immer noch aus. Reist er nach Safi oder ist er seine bestandene Prüfung feiern? Ich drehe noch durch. Die Woche war schrecklich. Ich habe am Tag 2-3 Minuten mit Ihm telefoniert. Das war nichts. Und heute, wo ich hätte länger telefonieren können, da ist sein Akku leer. Ich verstehe das alles nicht. Er fehlt mir so sehr. Er ist die Luft, die ich atme. Er ist meine **wahre Liebe**. So eine Liebe gibt es nur einmal im Leben, egal, wie alt man ist. Heute hat er sich gemeldet und gesagt, dass er in Safi ist und ich Ihn anrufen soll. Ich sagte: „Warte bitte 30 Minuten. Dann spreche ich in dein Handy." Ich versuchte ihm zu erklären, dass ich am Montag zum Ausländeramt gehe und seine Arbeitsbescheinigung abgebe. Dann werde ich genau fragen, wie lange es dauert, bis er in Deutschland ist. Ich muss dringend meine Papiere abstempeln lassen. Ich will endlich heiraten und leben.

Heute Morgen habe ich ihn geweckt, habe sein Lächeln gehört und mir ging es wieder sehr gut. Ich merke jede Sekunde mehr, dass er mir fehlt, seine Zärtlichkeit, seine Liebe, alles fehlt mir von ihm. Seit über einem Jahr sind wir nun zusammen. Nun haben wir geschrieben. Es ist schön, mit ihm Kontakt zu haben. Er sagt, er vermisst mich so, ich solle doch zu ihm kommen. Ich würde es so gerne, habe aber kein Geld, um zu ihm zu fliegen. Allah allein weiß, wie sehr ich bei Ihm sein möchte. Was soll ich machen? Meine Gedanken sind nur bei ihm. Hoffe, er kommt schnell nach Deutschland. Für immer. Nun warte ich auf den nächsten Kontakt zu ihm. Er ist duschen, etwas essen und geht dann in die Moschee. Dann sehe ich ihn. Ich hoffe, dass die Internetverbindung weiter hält. Nun habe ich mit ihm geschrieben. Ich habe mir die Finger wund geschrieben. Von ihm kam so gut wie gar nichts. Nichts in dieser Welt kann man erzwingen. Vieles erledigt sich in der Hoffnung, dass sich alles, alles, zum Guten wendet.

Ich lasse die Worte aus meinem Herzen direkt in den Computer fließen.

Aziz: „Was Du schreiben, ist sehr gut."

Ich: „Ist nur für Dich.

Du lässt mich fliegen, wenn ich am Boden bin, Du holst mich zurück, wenn ich davon fliege.

Du kannst mich lachen lassen, wenn ich traurig bin.

Du kannst mich tief innen berühren, wenn kein anderer es kann.

Ich liebe dich und du fehlst mir so sehr."

Aziz: „Ich liebe Dich so sehr."

Ich: „Ich Dich auch."

Ich will ein Vogel sein, dann könnte ich jetzt bei dir sein.

Ich will die Sonne sein, dann wäre ich jetzt bei dir.

Ich will der Wind sein, dann könnte ich sein bei dir.

Ich will dein Kopfkissen sein, dann wäre ich nachts in deinen Armen.

Doch am liebsten wäre ich jetzt Dein Traum.

Dann könnte ich Dir sagen ICH LIEBE DICH

Ich vermisse Dich.

Ich vermisse dich mehr.

Aziz: „Ohhh ich liebe dichhhhh sehr."

Ich: „Ich weiß, ich dich noch mehr.

Schick mir Sonne und dich, bitte."

Dann habe ich ihm einen Heiratsantrag gemacht.

„Meine ganze Liebe will ich dir geben, teilen möchte ich mit Dir mein Leben!

Für deine Liebe dank ich Dir und dass Du immer hältst zu mir!

Darum will ich Dich heute fragen, ob Du es wagst JA zu sagen?

Um mit mir die Ehe einzugehen, damit wir als Mann und Frau durchs Leben gehen?"

Aziz: „Ja."

Er sagte mir, das muss ich aber sagen.

Ich sagte, in Deutschland kann ich das auch sagen.

Ich: „Was machst du?"

Aziz: „Ich lese, was Du schreibst."

Ich: „O.k. Ich warte bis Du zu Ende gelesen hast."

Aziz: „Ich habe zu Ende gelesen."

Dann haben wir uns verabschiedet und er ging raus.

Ich schreibe und er liest. Ich weiß, er liebt mich. Ich weiß, ich fehle ihm genauso wie er mir fehlt. Ich bin alleine im kalten verregneten Deutschland. Die Tage und Nächte ohne ihn tun weh, sehr weh. Ich will doch nur endlich glücklich sein und das mit Ihm allein. Ich hoffe nur, dass er ganz schnell den Visa hat, damit die Qualen ein Ende haben. Warum ist wahre Liebe so grausam? Warum hat man bei den Gesetzen nicht an Gefühle und wahre Liebe gedacht? Ich verstehe das nicht. Das ist nicht fair, einfach nicht fair. Ich freue mich schon so sehr auf morgen, wenn wir wieder Kontakt haben. So fühle ich mich ihm wenigstens ein bisschen näher. Wenn er bei mir wäre, wäre ich der glücklichste Mensch auf Erden.

Heute Morgen, nachdem ich beim Ausländeramt war, rief ich Aziz an. Er verstand nichts. Dann bin zum Salon gegangen.

und habe mit dem Chef gesprochen. Er sagte: „Ich nehme nur Südländer und ich will Aziz. Er soll alle Papiere der Deutschen Botschaft geben in Marokko." Wenn sie Fragen haben, sollen sie den Mann anrufen. Aziz setzt mich so unter Druck. Ich mache alles, um Arbeit zu bekommen, bis jetzt vergebens. Ich bin heute von Geschäft zu Geschäft gegangen und habe wegen Arbeit gefragt. Aber es kam nur ein „Wir brauchen keinen." Ich bin am Verzweifeln. Ich kann nicht mehr. Manchmal denke ich: Es ist besser, ich lebe nicht mehr, denn was ist das für ein Leben. Der Mann, den ich am meisten liebe, kann nicht bei mir sein und ohne ihn will ich nicht leben.

Hatte mich später online beworben. Das Jobcenter rief zurück und gab mir eine Telefonnummer. Ich rief an, nur die Mailbox. Ich sprach meine Nummer auf die Mailbox und das ich arbeiten möchte, aufs Band. Nun warte ich, bis sie zurückrufen. Hoffe, es klappt diesmal. Heute habe die Frau erreicht. Sie sagte, ich kann einen Tag Probearbeiten. Ich war so glücklich und musste es gleich meinem Süßen erzählen. Ich habe gehört, dass er sich auch gefreut hat. Ich sagte ihm, dass wir später über Yahoo Kontakt aufnehmen würden. Als ich in Yahoo on kam, war mein Schatz schon da und hat gewartet. Ich erzählte ihm alles noch mal. Ich bin so glücklich. Morgen um 11.00 Uhr wird sie mir sagen, wann ich zur Probe arbeiten kann.

Aziz fehlt mir. Hätte ihn so gerne in meine Arme genommen, ihn tief und innig geküsst. Aber er ist weit weg. Er sagte mir, dass er heute Nacht nach Casablanca reist, auch nach Rabat. Er wollte wegen seiner Papiere fragen. Ich sprach: Es ist o.k., kein Problem. Ich würde am nächsten Tag wieder anrufen. Am nächsten Morgen ging ich zum Jobcenter, Papiere abgeben. Danach schaute ich bei dem älteren Herrn vorbei. Es war das erste Mal, dass er mir einen Kaffee anbot. Ich rief Aziz noch einmal an, um ihn auf dem Laufenden zu halten. Er war gerade in Rabat. Ich war so froh, ihn zu hören. Wenn ich seine Stimme höre, geht es mir gut. Schöner wäre, er wäre bei mir. Nur dann wäre ich glücklich. Als der Anruf beendet war, rief ich die Frau wegen dem Job an. Sie teilte mir Folgendes mit: „Sie können Freitag Probearbeiten und ab Montag 2 Wochen Praktikum machen." Ich war so froh, bedankte mich und ging gleich den nächsten Tag zum Jobcenter. Habe Freitag gearbeitet von 8 bis 14 Uhr. Ich bin so glücklich. Ich habe vorher schon mal bei einem Bäcker gearbeitet. Dann rief mich mein Schatz an, sagte, er reise nun nach Casablanca und hole seine Schwester. Er wollte mit ihr nach Safi reisen.

Wir haben abends Kontakt. Er wartet auf mich. Ich freue mich, mit ihm zu schreiben. Nun war ich wieder zu Hause voller Freude auf meinen Schatz. Mein Handy klingelt, es war Aziz. Er sagte: „Ich bin in Casablanca. Ich warte auf meine Schwester. Wir haben morgen Kontakt. Es ist sehr heiß in Casablanca. Wir können erst in der Nacht reisen." Ich war sehr traurig, schicke ihm meine Traurigkeit per SMS. Aziz rief mich noch mal an, bat mich das zu verstehen und er bräuchte das Original von der Arbeitsbescheinigung. Ich konnte ihm noch sagen, dass ich mich darum kümmere. Dann war wahrscheinlich sein Akku leer oder er hat einfach sein Handy ausgeschaltet. Ich weiß es nicht. Ich sende eine Mail an seine Schwester: Speake to Aziz I have understand. No Problem. I'm sorry I have send sms to Aziz. Aziz read please the sms and speak I love you, I see tomorrow thank you Siham.

Ich habe ihn angerufen. Es ist schön, seine Stimme zu hören. Ich sagte ihm, dass wir um 15 Uhr Kontakt im Internet haben werden. ICH LIEBE DICH UND VERMISSE DICH SO SEHR. Er erwiderte das. Ich war froh, als es endlich 15 Uhr wurde. Ich hörte ihn. Es war schön. Wir schrieben eine ganze Stunde. Dann wollte er duschen, in die Moschee und wegen eines Papiers gehen. Er sagte: ICH LIEBE DICH MEHR und gab mir einen Kuss. Mein Herz pochte so sehr. Ich vermisse ihn. Mein Leben hat ohne ihn keinen Sinn. Er sagte noch: Morgen 16 Uhr Kontakt, weil ich arbeiten muss bis 14 Uhr. Ich freue mich so auf Ihn. Ich will doch nur, dass er bei mir ist, damit wir glücklich sein können. Warum sieht seine Familie das nicht, warum? Kontakt im Internet haben wir nun nicht mehr. Sein Vater hat den PC kaputt gemacht. Ich will Aziz für immer. Ich versuche jeden Tag, ihn anzurufen und ich werde hart arbeiten für Geld, dass ich es ihm schicken kann. Ich hoffe, ich schaffe das alles. Was soll ich tun? Wer kann helfen? Ich fühle mich so alleine ohne ihn. Ich weiß nicht mehr weiter. Wenn ich Aziz nicht in meinem Leben haben kann, dann bleibt für mich nur noch der Tod.

Heute hat Aziz mit mir telefoniert. Ich war so froh, seine Stimme zu hören. Er fehlt mir so sehr. Ich half ihm beim Ausfüllen der Formulare für die Botschaft und wir machten Witze. Er brachte mich zum Lachen. Das tat gut, nach langer Zeit wieder zu lachen. Wir haben etwas geschrieben, über Headset gesprochen. Dann ist er gegangen. Er rief mich eine halbe Stunde später an. Ich lächelte. Es war schön zu hören, dass ich ihm genauso fehle wie er mir. Dann legte er auf. Ich rief ihn später an, sagte Gute Nacht und Schlaf gut. Ich liebe dich und vermisse dich sehr. Die Nacht konnte ich gut schlafen, nach langer Zeit wieder einmal. Heute habe ich ihn schlafen lassen, rief ihn erst nachmittags kurz an. Habe ihn geweckt. Ich war sehr froh, ihn zu hören. Er kam on und wir schrieben sehr lange, den ganzen Nachmittag.

Die vorletzte Etappe

Ich war glücklich. Nun bin ich wieder alleine und denke nur an ihn. Wäre er nur bei mir, ich wäre der glücklichste Mensch auf Erden. Würde ihm alle Liebe geben. Alles, was ich habe, ist für ihn allein. Kann es kaum erwarten, bis es Morgen wird und ich von meinem Praktikum wieder zu Hause bin, um seine Stimme zu hören. Ich werde ihn nachher noch mal anrufen, ihm eine gute Nacht wünschen und ihm sagen, wie sehr er mir fehlt und ich immer an ihn alleine denke. Er hat mein Herz für immer und ewig. Die Tage vergehen und mein Herz tut weh, ich will ihn wieder in meine Arme nehmen und ihn spüren.

Hilfe habe ich keine, bin ganz allein mit meiner Liebe zu Ihm. Heute kam ich von der Arbeit und öffnete mein Laptop. Sendete Ihm eine SMS „Ich bin zu Hause, ich vermisse Dich und ich liebe Dich so sehr." Er kam sofort on und ich war glücklich, sehr glücklich, mit Ihm zu sprechen. Er sagte: „Ich vermisse Dich so sehr." Wir sprachen über sehr viel, weil ab morgen Ramadan ist. Dann können wir nur mindestens 30 Minuten Kontakt haben. Es ist nicht viel. Aber ich kann mit Ihm schreiben. Ist besser als nichts. Anrufen im Ramadan ist nicht gut, genauso SMS senden. Hoffe, der Ramadan geht schnell vorbei. Wir haben darüber geredet, was wir machen, wenn er in Deutschland ist. Es wird wunderschön werden und sehr romantisch. Und wir werden sehr glücklich sein. Hoffe, ich kann Ihm schnell Geld schicken, damit er schnell zur Botschaft kann. Das ist das Allerwichtigste. Hoffe, ich kann es schnell auftreiben, weil ich will, dass er bei mir ist. Sein Lachen, alles fehlt mir.

Ich will doch nur geliebt werden und ihm alle meine Liebe geben. So lange ich lebe. Heute habe ich mich beeilt, von der Arbeit nach Hause zu kommen. Ich sehne mich so nach ihm.

Habe 5 Minuten gewartet, dann kam er. Ich frage ihn, was gestern gewesen wäre. Alle Leute in Marokko hätten ihre Papiere verbrannt. Er sagte mir, er hätte es auch gemacht. Ich konnte es nicht glauben. Das sind Papiere, die wir zum Heiraten brauchen. Er sagte, er könnte alles neu haben. Er bräuchte nur Zeit. Ich sagte ok, aber geh bitte wegen den Papieren, die du für die Botschaft brauchst. Dann rief er an, sagte mir, er hätte die Papiere wieder zusammen. Ich war froh. Jetzt kann er wenigstens nach Deutschland kommen. Wann wir nun heiraten? Keine Ahnung. Ich will es so sehr. Ich will Ihn in meinem Leben, nur Ihn. Mal sehen, ob ich es schaffe, bis 23 Uhr aufzubleiben, um ihn zu hören.

Er war in der Moschee. Er rief mich um 1.30 Uhr an. Wir telefonierten 5 Minuten. Er teilte mir mit, dass wir morgen über yahoo Kontakt haben würden. Am nächsten Tag dann. Endlich war er on. Ich bin Happy. Er schrieb mir eine wunderschöne Nachricht bei yahoo „Ich liebe dich mein Engel.

 You are in my heart all the time and my love for you day for day more

Ich las die Nachricht und lächelte. Das war mein Süßer. Ich liebe ihn auch sehr und ich vermisse ihn noch mehr, das schrieb ich Ihm. Das er alle Zeit in meinem Herzen ist und das all meine Liebe nur Ihm gehört. Dann ging ich off.

Heute früh musste ich schon um 6.00 Uhr mein Praktikum anfangen. Dann ging ich nach Hause, legte mich eine Stunde hin. Nachdem ich aufgewacht war, öffnete ich meinen Laptop und ging in yahoo on. Er hatte mir wieder eine Nachricht hinterlassen. „Ich liebe dich, mein Schatz und ich will dich bei mir für immer und ewig haben. Du hast mein Herz und mein Leben und mein Liebe. Nun warte ich auf ihn, dass er on kommt, weil ich um 15.00 Uhr bis 20.00 Uhr wieder zum Praktikum muss. Ich kann es kaum erwarten. Manchmal wünsche ich ihn so sehr zu mir. Es ist schrecklich zu wissen, dass es ihn gibt, er aber sehr weit weg ist. Er fehlt mir so sehr. Er rief mich in der Frühe um 1.30 Uhr an, sagte mir, sein Handy wäre kaputt. Heute Morgen habe ich ihn kurz angerufen. Oh, meine Telefonrechnung ist teuer. Aber er ist es wert. Wir sagen uns jeden Tag, wie sehr wir uns lieben, wie sehr wir einander fehlen. Ich könnte jedes Mal weinen, weil er nicht bei mir ist. Es fehlt mir so sehr, in seinen Armen zu liegen. Das ist es, was ich möchte. Ich möchte ihm so gerne helfen. Aber wie bekomme ich Geld? Keiner geht ans Telefon. Mist. Sind wohl alle im Urlaub. Ich muss es schaffen, denn ich will ihn bei mir haben, für immer und ewig.

Heute war ein guter Tag. Ich habe ein super Handy für meinen Schatz. Nun muss er nur noch kommen. Ich vermisse ihn. Man, bin ich verknallt. Ich komme mir vor, als wäre ich 18 Jahre alt und nicht fast 50. Durch ihn und seine Liebe schaffe ich alles.

Ich bin so glücklich, dass ich ihn habe. Komm schnell nach Deutschland, mein Süßer. Heute hatten wir lange Kontakt. Ich weiß, er hat kein Geld. Morgen werde ich zur Bank gehen. Irgendwie werde ich das schon schaffen. Ich will doch, dass er schnell kommt. Ich brauche ihn so sehr. Bitte, Allah, hilf mir, bitte. Der Arbeitsvertrag ist auch noch nicht in Marokko. Auf DHL ist einfach kein Verlass. Bin im Suchlauf gewesen bei der Deutschen Post, aber er scheint in Frankfurt fest zuhängen. Oh Mann. Es geht alles schief. Warum ist alles so schwer? Konnte nicht viel schicken. Ich bin so sauer, wollte helfen und es ging nicht mehr. Was soll ich noch machen? Wir haben heute geschrieben. Er war wieder so lieb. Er sagt, dass er erst richtig leben kann, wenn wir zusammen sind. Mir geht es genauso. Ich fühle mich ohne ihn so einsam und verlassen. Warum ist wahre Liebe nur so schmerzhaft? Warum muss es so wehtun?

Später ruf ich ihn kurz an, um ihn zu hören, seine Stimme, sein Lachen. Warum hilft mir keiner, warum? Keiner geht ans Handy. Stehe alleine da, kann nur weinen. Nun hatten wir jeden Tag Kontakt. Nur, er war nie pünktlich, weil sie im Ramadan tagsüber schlafen. Ich habe ihm von unserer Zeit in Marokko eine Slideshow mit Text und Musik geschickt. Bin mal gespannt, was er sagt. Ich vermisse ihn so sehr. Er fand die Slide Show super. Dann machte ich noch eine für seine Familie, mit der ich mich für die schöne Zeit in Marokko bedankt habe.

Seine Mutter weinte vor Freude. Ich rief ihn abends an. Ich fliege im September runter und dann heirate ich ihn. Endlich!!

Ich hoffe, er hat alle Papiere. Ich will endlich wieder leben, lieben und sehr glücklich sein. Ich höre auf mein Herz. Es sagt mir, es will ihn, für immer und ewig. Wir schrieben über alles. Jeden Tag fragte er mich, wie ich mich fühle, und wenn ich sagte „schlecht" brachte er mich zum Lachen. Aziz will nicht, dass es mir schlecht geht, er will, das ich glücklich bin alle Zeit und immer lächle. Ich freue mich und warte jeden Tag auf ihn. Jeden Tag schreiben wir uns über die Papiere, die der Übersetzer falsch übersetzt hat und wie er um jedes Papier kämpft. Es werden immer mehr Kosten. Den Arbeitsvertrag für die Klinik bekomme ich Ende März, habe mich sehr gefreut darüber. Heute ist Samstag und ich hoffe, er bekommt seinen PC hin. Es hat geklappt mit meinem Arbeitsvertrag. Montag fange ich an. Ich bin so happy. Nun ist die Pechsträhne vorbei, denke ich, denn ich habe einen Job aber nicht die Liebe meines Herzen bei mir. Habe alle Arztbesuche in 3 Tagen erledigt. Es geht los mit arbeiten. Ich habe auch Arbeit gefunden im Klinikum. Es ist harte Arbeit. Aber sie ist o.k. Ich mache alles, damit wir es alleine schaffen. Die Klinik hat mir gestern die Kündigung geschickt. Ich weiß nicht, warum. Sie sagten, es kann sein, dass eine Schwangere oder eine, die sehr lange krank war, wieder da ist. Aber das hätten sie mir doch bei der Einstellung sagen müssen. Was sie nicht gemacht hatten!! Ich bin so sauer auf die Klinik. Ich rief Aziz an, wollte ihm sagen, dass ich ihn hasse. Er sagte, er freut sich, mich zu hören. Ich war sprachlos. Er sagte mir, dass alles, was damals geschehen ist, nicht wahr war, dass es ihm Leid tut. Er sagte, meine Kinder haben ihn unter Druck gesetzt. Er hatte Angst und darum alles beendet. Aber das er mich die ganze Zeit geliebt hat und ich immer in seinem Herzen war und das er mich vermisst und das ich ihm verzeihen soll. Er liebt mich sehr. Ich gab ihm die Chance für einen Neuanfang. Denn jeder Mensch hat eine 2. Chance verdient. Nun fahre ich ihn besuchen. Denn auch ich liebe ihn, liebe ihn noch so sehr. Er ist ruhiger geworden. Wir sprechen sehr viel. Er hatte wenig Zeit für mich, als ich da war. Schule und Arbeit und seine Freunde waren auch ab und zu bei ihm. Ich kam mir so alleine vor, war die meiste Zeit im Haus. Das ist nicht gut. Ich werde immer nervöser und beginne Fehler zu machen, die ich nicht machen wollte. Dann bin ich in die Moschee und bin zum Islam konvertiert. Mein Name ist Sara, jetzt in Marokko. Aziz stand neben mir. Ich war so glücklich. Ich liebe ihn immer noch über alles. Wir wollen jetzt heiraten. Diesmal schaffen wir es. Denn wir kämpfen beide zusammen. Ich bin für meine Papiere gegangen, er für die Papiere für das Ehefähigkeitszeugnis.

Am 8. Februar habe ich einen Termin beim Standesamt. Hoffe, sie geben mir das Papier gleich mit, denn ich will spätestens am 11. oder 12. Januar zu ihm fliegen, damit wir heiraten können. Das ist das Allerwichtigste für mich und Aziz. Das ist es, was wir beide wollen, für immer und ewig. Denn es ist wahre Liebe, die niemals vergeht. Nächste Woche ist es soweit. Ich will zu Aziz fliegen, um ihn zu heiraten. Ehefähigkeitszeugnis von ihm habe ich und am Samstag geht es nun los zu meinem Schatz. Tickets habe ich alle.

Heute habe ich mittags auf Aziz gewartet. Aber er kam nicht on. Ist ihm was passiert? Ich mache mir Sorgen. Hoffe nur, dass er heute Abend on kommt. Dass nichts passiert ist. Menno. Aziz, was ist los? Alles ok mit ihm, Gott sei Dank.

Als ich in Marrakesch ankomme, wartet er schon auf mich. Ich bin so froh, ihn zu sehen und mir war so heiß. Es waren 25 Grad in Marrakesch und ich, ich habe einen dicken Pullover an, weil es in Deutschland am Tag der Abreise sehr kalt gewesen ist. Ich bin so froh, in seinen Armen zu liegen. So fahren wir also mit dem Taxi zum Busbahnhof. Seine Familie freute sich sehr und mir standen die Tränen in den Augen. Vor Freude. Den Sonntag verbrachten wir in Medina, um noch Kraft zu schöpfen. Montag sollte es dann mit den gesammelten Papieren nach Rabat gehen. Die Busfahrt war sehr anstrengend. Schlafen war nicht möglich. Wir waren viel zu aufgeregt. Wir gingen zum Innenministerium und zur Botschaft, dann noch zur Polizei. Zum Schluss zum Übersetzer und dann hatten wir alle nötigen Papiere und fuhren zum Busbahnhof, um zurück nach Safi zu kommen. Wir waren sehr müde und k.o. als wir dann nachts ankamen. Wir aßen etwas, gingen schlafen. Am nächsten Morgen liefen wir zum Gericht, um die Papiere zum Heiraten abzugeben. Wir bekamen einen Brief vom Gericht. Mit dem sollten wir zu einem anderen Büro. Dort bekamen wir wieder einen Brief. Und so ging das Spiel einige Tage. Das letzte Büro war die Große Polizei. Die Große Polizei sagte, ich bräuchte ein Schreiben vom Gynäkologen mit Ultraschallbild, um nachzuweisen, dass ich nicht schwanger bin. Ich musste lachen, wollte das alles nicht glauben. Aber ohne das Schreiben kamen wir nicht weiter.

Also fuhren wir nach Hause und sagten es seiner Mama. Sie ging zu einer Ärztin. Dort wurde dann das Ultraschallfoto gemacht. Seine Mutter bezahlte die Ärztin. Wieder ging es zur Polizei. Aber das Schreiben haben sie nicht akzeptiert. Sie wollten es **mit Stempel** vom Gynäkologen. Also wieder zu Mama. Sie kam mit zum Gynäkologen. Jetzt hatten wir das letzte Papier endlich. Wir gaben es der Polizei. Sie machten gleich eine Befragung mit uns. Die Frau bei der Polizei sprach nur Arabisch und Französisch. Ich verstand kein Wort, so dass Aziz helfen musste. Als meine Befragung zu Ende war, war Aziz an der Reihe. Ich wartete im Vorraum auf ihn. Dann fuhren wir mit dem Taxi nach Hause. Nun hieß es warten, weil die Polizei 2 Tage, also Donnerstag und Freitag, nicht arbeitet wegen eines Feiertages. Und dann war Wochenende. Also weiter warten. Montag waren wir bei Gericht. Unser Brief war noch nicht da. Ich war schon sehr nervös, weil ich am Samstag wieder zurückfliegen musste. Am Dienstag war der Brief dann morgens noch nicht da. Also fuhren Aziz und ich wieder zur Polizei. Aziz sprach mit dem Boss der Polizei. Er hat versprochen, das Papier schnell zu senden. Wir sollten um 2 Uhr bei Gericht sein und warten. Der Brief kam nicht, also wieder nach Hause und am nächsten Morgen wieder zum Gericht. Der Brief war da. Gott sei Dank. Jetzt ging es mit dem Papier zum Abdoul. Der Abdoul sagte: „Unterschreibt und seit um 14 Uhr am Gericht." Also ging es wieder nach Hause. Wir waren hungrig und glücklich. Nach dem Essen ging es wieder zum Gericht. Wir warteten auf den Abdoul. Er kam so gegen 15 Uhr. Sie nehmen es mit der Zeit nicht so genau. Mit dem Papier mussten wir noch in 2 weiteren Büros im Gericht Stempel und Unterschriften holen. Und jetzt hatten wir alles, Stempel und Unterschriften, und wir sahen, dass wir schon seit dem 30. Januar 2013 um 11.30 Uhr verheiratet waren. Wir lachten sehr darüber. Wir waren sehr glücklich. 2 Wochen und 3 Tage haben wir gebraucht, bis wir verheiratet waren. Zu Hause angekommen, zeigten wir das Papier der Familie. Alle freuten sich für uns, waren auch glücklich und begannen mit den Vorbereitungen der Feier. Die Feier fand am 1. Februar statt. Ich war und bin heute immer noch so aufgeregt wie damals, wenn ich an diesen Moment denke. Seine Schwester ging mit mir zum Frisör. Beim Friseur und der Kosmetikerin wurde ich so gestylt, wie es in Marokko eben üblich ist, wenn man heiratet. Dann ging es wieder nach Hause zum Umziehen. Die ersten Gäste trafen ein. Es kamen Nachbarinnen, Freunde und die Familie. Zuerst feierten die Frauen. Sie tanzten viel. Es war wunderschön. Am Abend gingen die Frauen und die Männer kamen. Hassan, der Freund von Aziz, kam als Letzter. Er machte auch noch mal Fotos von uns. Danach brachten wir ihn nach Hause. Als wir zurück waren, packte ich meinen Koffer. Am nächsten Morgen ging es nach Marrakesch, um wieder nach Hause, nach Deutschland, zu fliegen.

Mama weckte uns, damit wir den Bus bekommen. Wir haben etwas gegessen. Dann ging es los zum Busbahnhof. Ich weinte sehr viel bei dem Abschied, wollte nicht zurück alleine. In Marrakesch angekommen, erhielt ich eine SMS, mein Geld sei nicht auf dem Konto. Ich musste versuchen, Hilfe zu bekommen, denn ich hatte das Geld für den Zug nicht. Also telefonierte ich alle ab, die mir einfielen. Aber keiner konnte helfen außer einem Wolfgang.

Er hat mir ein Ticket für den Zug am Bahnhof hinterlegt. Ich war so froh darüber und ihm unendlich dankbar. Den letzten Zug habe ich nicht mehr geschafft, musste also die Nacht bis 4.25 Uhr im Bahnhof warten. Es war sehr kalt. Mann, ich habe sehr gefroren. Aber ich habe durchgehalten. Ich setzte mich in ein Bistro, weil ich dachte, dass es da wärmer ist. Aber die Heizung war aus. Eine Stunde, bevor mein Zug kam, war da ein junges Pärchen, mit dem habe ich mich die ganze Zeit unterhalten. So verging die Zeit. Ich betrat den Bahnsteig, dann den Zug und fuhr nach Hause.

Endlich zu Hause angekommen, machte ich mir einen Kaffee, rief meinen Schatz an, um ihm zu sagen: „Ich bin zu Hause. Mache dir keine Sorgen." Wir haben seit dem wieder Kontakt in Skype, MSN und Handy. Montag war er in Rabat wegen der Heiratsurkunde und der Übersetzung. Heute hat er die Heiratsurkunde mit DHL zu mir gesendet. Nun kann ich zum Standesamt gehen, damit alles seine Ordnung hat. Aziz reicht die Familienzusammenführung bei der Botschaft ein, wenn er die Übersetzung von mir zurück hat. Am Montag gehe ich zum Standesamt und sende sie ihm schnell zurück, denn eine zweite Übersetzung können wir uns nicht leisten. Heute war ich beim Standesamt. Sie wollen, dass ich die Übersetzung der Heiratsurkunde noch mal in Deutschland machen lasse. Die Übersetzer wollen 150 bis 200 Euro haben.

Ich drehe bald durch. Immer mehr Geld geht weg. Ich bin so sauer deswegen. Er ist nicht bei mir. Ich fühle mich so alleine. Hier, ohne ihn. Heute kam eine E-Mail. Habe ein Vorstellungsgespräch am Donnerstag um 15 Uhr. Hoffe, dass ich da wenigstens Glück habe und Arbeit bekomme. Ich gebe nicht auf, kämpfe weiter, dass er schnell zu mir kann. Denn er ist meine Liebe, mein Leben. Aziz arbeitet jeden Tag im Friseursalon in Safi. Dadurch haben wir wenig Kontakt, mittags 30 Minuten und abends 1 Stunde. Morgen ist das

Bewerbungsgespräch. Hoffe, alles läuft gut. Ich will arbeiten. Und ich will, dass Aziz ganz schnell bei mir ist. Das Bewerbungsgespräch lief gut. Sie haben eine Stelle im Callcenter. Nun heißt es: Warten, bis sie sich melden.

Und ich warte schon voller Ungeduld auf meinen Schatz. Wieder vergeht die Zeit. So schnell, wie sie es immer tut. Schon seit Tausenden von Jahren. Ich hoffe, der Februar kommt schnell und damit auch die Heiratsurkunde. Damit er endlich zu mir kommen kann. Montag rufe ich Carina an. Hoffe, sie kann helfen. Bitte, Allah hilf`. Ich weiß nicht weiter. Langsam geht meine Kraft zu Ende. Ich will doch nur, dass wir zusammen leben und glücklich sind. Ich bin mir unsicher, ob wir es ohne Hilfe schaffen. Am Mittwoch will Anne kommen. Hoffe, sie hilft etwas. Ich werd` sie einfach fragen. Anne will mit ihrem Mann reden.

So, nun sind wir auf uns gestellt wie vorher auch. Keiner hilft uns. Also müssen wir uns alleine helfen. Jetzt habe ich alle Dokumente in Deutschland abgegeben. In 3 Tagen hat er alles in Safi. Dann muss er nur noch alles in Rabat abgeben und warten, bis sie das Visum ausstellen. Heute habe ich ihm einen Liebesbrief gesendet. In Form einer Email.

Hallo Schatz

Hallo, mein Schatz, wir sind nun 2 Jahre und 7 Monate zusammen. Ich finde es sehr schön, dass wir am 30.01.2013 geheiratet haben. Seitdem bin ich der glücklichste Mensch auf Erden. Denn ich habe Dich und Deine Liebe. Noch glücklicher bin ich, wenn du für immer bei mir bist. Ich finde es schön, wenn ich in deinen Armen liegen kann. Ich finde es schön, wenn ich Deinen Atem auf meiner Haut spüre, wenn ich in deine glänzenden Augen sehen kann und sehe, wie glücklich du bist. Aziz, mein Ehemann. Ich liebe Dich über alles. Du bist mein Leben, für immer und ewig. Ich bin sehr glücklich, dass wir zusammenhalten, gemeinsam kämpfen für ein gemeinsames Leben. Zusammen schaffen wir alles, was wir wollen. Und wir werden ein sehr schönes und glückliches Leben haben, zusammen. Ich habe dich für immer und ewig in meinem Herzen, denn nur Du bist meine große Liebe. So etwas ist selten und man sollte es mit beiden Händen festhalten.

ICH LIEBE DICH, MEIN SCHATZ, FÜR IMMER UND EWIG

Deine Sara

Ich hoffe, der Liebesbrief gefällt ihm. Mal sehen, was er sagt.

Er hat sich gefreut, sagt, dass er mich über alles liebt, ich ihm so sehr fehle. Das es weh tut. Wir schaffen alles, denn wir lieben uns so sehr.

Am Dienstag habe ich Vorstellungsgespräch um 10 Uhr. Ich will unbedingt diesen Job. So kann er noch schneller bei mir sein. Allah hat mir geholfen. Ich habe diesen Job. Ich bin so glücklich. Nun kann er zu mir kommen. Wir können endlich glücklich sein, zusammen leben. Er fehlt mir so sehr. Er hat mir geantwortet. Wow.

Ich bin wie LSD. Mit mir nimmt das Leben Farben an! Ich bin wie Speed.

Ich lass Dich die ganze Nacht nicht schlafen!

Ich bin wie Heroin. Wenn Du mich probiert hast, bist Du süchtig!

Bei Risiken und Nebenwirkungen kann nicht mal der Arzt oder Apotheker helfen.

Du brauchst jemand, der dir zuhört? Ich höre dir zu.

Du brauchst jemand, der bei dir ist? Ich bin bei dir.

Du brauchst jemand, der für dich da ist? Ich bin für dich da.

Du brauchst jemand, der an dich glaubt? Ich glaube an dich.

Du brauchst jemand, der dich gesund macht? Ich mache dich gesund.

Du brauchst jemand, der dich stützt? Ich stütze dich.

Du brauchst jemand, der dich aufbaut? Ich baue dich auf.

Du brauchst jemand, der dich tröstet?

Ich tröste dich.

Du brauchst jemand, der dich zum Lachen bringt? Ich bringe dich zum Lachen.

Du brauchst jemand, der auf dich aufpasst? Ich passe auf dich auf.

Du brauchst jemand, der mit dir träumt? Ich träume mit dir.

Du brauchst jemand, der mit dir fühlt? Ich fühle mit dir.

Du brauchst jemand, der dir den Mond bringt? Ich bringe dir den Mond.

Du brauchst jemand, der für dich jeden Tag unendlich macht?

Ich mache jeden Tag unendlich für dich.

Du brauchst jemand, der dich braucht? Ich brauche dich.

Ich liebe dich, mein Engel Astrit

Ich hatte mich gefreut über den Text. Ich liebe dich mein Schatz. Aziz.

Heute warte ich. Er kommt nicht on. Er wollte das doch, um 13.00 Uhr. Er kommt nicht. Wo ist er nur? Was macht er? Er weiß doch, ich warte. Ich verstehe das nicht. Was soll das? Ich werde irre. Wo bleibt er? Ist ihm was passiert? Gott sei Dank. Es geht Ihm gut. Er hat angerufen, war sehr froh, ihn zu hören. In 2 Wochen ist Ostern. Ich hoffe, wir schaffen das alles. Ich will ihn hier haben.

„Warum träum` ich jede Nacht von dir? Warum will mein Herz nur zu Dir? Ich liebe Dich so sehr und vermisse dich immer mehr. Warum weine ich nur, wenn du nicht bei mir bist?" Die Sehnsucht zu ihm ist sehr groß und tut sehr weh. Er war in der Deutschen Botschaft, gab den Visumantrag ab. Ich bin im Lehrgang, kann mich kaum konzentrieren. Das Handy klingelt. Er sagt lächelnd: „Alles in Ordnung, Schatz." Ich lächle, sage: „Ich liebe dich, alles wird gut." Ich kann mich wieder konzentrieren.

Nun bin ich wieder zu Hause, freue mich, ihn in der Cam zu sehen und zu hören. Er erzählte mir alles genau, wie das Gespräch war und das wir nun noch warten müssen. In 2-3 Wochen bekommt er Bescheid, ob wir das Visum bekommen. Jetzt warte ich auf Bescheid vom Ausländeramt, um ihnen die Papiere zu geben, die sie noch von mir brauchen. Die Zeit läuft. In 2 Wochen ist Ostern. Hoffe darauf, dass er sein Visum nächste Woche holen kann. Dann können wir die Tickets kaufen. Ich will ihn nur hier haben. Er fehlt mir so sehr. Wir sind wieder mehr als 6 Wochen getrennt. Wir haben wieder jeden Tag Kontakt in Skype, MSN und Facebook. Es ist nicht dasselbe, als wenn er bei mir wäre. Mir fehlen seine Nähe und sein Lächeln, seine Zärtlichkeit. Alles an ihm fehlt mir. Mir ist egal, was die Leute denken. Ich liebe ihn von ganzem Herzen. Nur das ist wichtig in meinem Leben. Er gibt mir Kraft und Liebe. Durch ihn bin ich stark. So stark, alles zu schaffen. Die Zeit verrinnt. Die Mühlen der Bürokratie mahlen sehr langsam. Zu langsam. Ich vermisse ihn so sehr. Ich sehe ihn in der Cam. Doch er ist so weit weg. Wir wollen doch nur ein glückliches Leben führen. Warum verkomplizieren die Behörden alles? Wieder sind seine Papiere nicht beim Ausländeramt angekommen. Soll am nächsten Dienstag noch mal nachfragen. Ich will ihn doch nur hier haben. Soll ich Ostern wieder alleine sitzen? Ohne meinen Mann? Was soll ich machen? Er fehlt mir so sehr. Ich sehe ihn in der Cam leiden. Er versucht es zu verbergen. Ich soll es nicht sehen. **Doch eine liebende Frau sieht nur mit dem Herzen.** Ich sehe, wie er leidet unter dieser Trennung. Ich sehe seine Tränen in den Augen. Ich sehe: Es geht ihm nicht gut. Auch wenn er sagt, ich soll mir keine Sorgen machen. Ich mache mir große Sorgen um ihn. So, wie er sich Sorgen um mich macht. Warum muss man durch Liebe so leiden, sich so einsam fühlen? Warum können wir nicht einfach glücklich sein, zusammen leben, jeden Tag, bis an unser Ende? WARUM?

Die letzte Etappe?

Nun ist Ostern. Noch sind seine Papiere nicht da. Ich verzweifle langsam. Er fehlt mir so sehr. Es tut so weh, fern von ihm zu sein. Die Zeit scheint still zu stehen, weil er nicht hier, nicht bei mir ist. Warum machen die Behörden alles nur so kompliziert? Warum glauben sie uns nicht, dass wir uns lieben? Hoffe nur, am Dienstag sind die Papiere da und er kann endlich zu mir kommen. **Dann wird ein Traum wahr.** Heute habe ich mit dem Anwalt telefoniert. Das Ausländeramt hat sich immer noch nicht gemeldet wegen der Akteneinsicht. Das kann nicht wahr sein. Alle Beteiligten werden hingehalten. Es wird auf Zeit gespielt. Doch diese Mürbetaktik halten wir dann auch noch aus. Mein Mann sagt immer: Geduld ist eine unschätzbare Tugend. Aber irgendwann reicht es. Dann will man nur noch zusammenleben. Wir werden behandelt wie Kleinkinder, und das in **Deutschland.** Ich habe als Deutsche das Recht, mit meinem Mann zu leben, wo ich will. Ich fühle eine ständige Bevormundung. Dachte immer, ich bin freier Bürger und kann alleine entscheiden. Aber jetzt sehe ich, dass andere über mein Leben entscheiden. Täglich, und es ist sogar in unserer Nationalhymne so verankert (Einigkeit und Recht und Freiheit für das deutsche Vaterland). Das sollte doch für jeden Bürger gelten, der hier lebt. Oder etwa nicht??? Es wird betont, das deutsche Volk lebt in einem RECHTSstaat. Das Recht bitte nicht verwechseln mit der politischen Gesinnung einzelner

Dumpfbacken, die sich durch geschulte Rhetoriker treiben lassen, jedoch eigentlich auf eine einsame Insel irgendwo im Pazifik hingehören. Wir Deutschen haben uns auf die Fahnen geschrieben, den Nationen zu helfen. Und wir haben die entsprechende Wirtschaftskraft, dies auch zu tun. Wir lassen Angehörige vieler Völker in unser Land. Jeder kann kommen, der das Gefühl hat, politisch verfolgt zu sein, der Gefahr für seine Familie spürt bzw. es ist schon eine reale Gefahr vorhanden. Nur bei meinem Mann machen sie so ein Theater, obwohl er sehr gut deutsch spricht und auch schon Arbeit hat. Ständig spüren wir tief im Untergrund: Sie wollen unsere Liebe für ein Theaterstück halten, nicht für die Realität. Können Sie, liebe Leser, mir sagen, wie man ein Gefühl, ein so starkes Gefühl wie die Liebe, beweisen kann? Ich bin Ihnen dankbar für jeden Hinweis. Wie sollen Aziz und ich beweisen, dass wir uns wirklich lieben? Ist es überhaupt erforderlich, Liebe beweisen zu müssen? Jeder redet von ihr.

Unser ganzes Leben, die Beziehungen unter einander. Alles sollte auf Liebe aufgebaut sein. Sie geben einem nicht mal eine Chance. Mein Gesundheitszustand wird auch immer schlechter. Ich habe Konzentrationsschwächen, Schlafstörungen, kann kaum etwas essen. Das interessiert den Staat nicht. Wer, bitteschön, ist denn der Staat? Die klare Abgrenzung eines bestimmten Gebietes auf unserem Planeten, in dem die Menschen, die dort leben, sich Regeln geschaffen haben, nach denen sie zusammenleben wollen. Alle weiteren Erläuterungen würden eindeutig zu weit führen und sind nicht relevant für das Verständnis dieser Geschichte. Ich weiß, Aziz und ich, wir werden es nicht erzwingen können. Doch die Gefühle, die wir füreinander haben, machen uns im Laufe der Zeit immer stärker. Jedem, dem ich unsere Geschichte erzähle, geht es zu HERZEN. Alle versuchen, mir Mut zu machen, sind da für mich. Ich bin doch nur eine liebende Frau. Und Aziz, er ist nur ein liebender Mann. Er gibt mir Trost, Liebe und ein Leben in Glück. Ich hoffe nur, dass es jetzt etwas schneller geht, dass sich die Behörden bis 18. Juni gemeldet haben und der Anwalt endlich in die Akten einsehen kann. Dann kann er entscheiden, welche weiteren Schritte gegangen werden. Ich weiß nicht, wie lange ich noch durchhalte, werde jeden Tag schwächer. Ohne meinen Mann ist das Leben hier sinnlos. Ohne ihn ist das hier die Hölle. Aziz geht nicht ans Handy, weil er es ausgeschaltet hat und on kommt er auch nicht. Warte schon 30 Minuten. Wo bleibt er nur? Was macht er?

Keiner gibt mal eine Antwort. Das Warten macht einen irre, zerrt an den Nerven. Bin krank. Immer noch diese Sommergrippe, gehe aber arbeiten, will den Job nicht verlieren. Jeden Tag Arbeit, nach Hause und Kontakt und wieder schlafen. Dieser Monat schafft mich echt.

Heute war ich bei einem Freund. Er hatte eine sehr gute Idee. Hoffe, sie klappt. Er erklärte mir, doch eine Unterschriftenaktion zu initiieren. Allah, helfe uns. Ich brauche langsam mal was Positives. So kann es nicht weiter gehen. Bin mit meiner Kraft am Ende. Kein Urlaub mehr. Das Geld reicht vorne und hinten nicht. Kann nicht nach Marokko, um meinen Mann zu sehen. Er fehlt mir so sehr.

Aber wir zusammen schaffen das. Sie werden sehen, dass es bei uns keine Scheinehe ist. Nur zusammen sind wir stark. Wir geben uns gegenseitig die Kraft. Bis wir zusammen sind. Endlich. Morgen ist Dienstag. Ich kann wieder arbeiten. Das lenkt etwas ab. Aber er fehlt mir schon sehr und ich fühle mich jeden Tag ohne ihn einsamer und alleine. Wenn ich ihn in der Cam sehe. Er sieht so traurig aus. Ich vermisse ihn so sehr. Bitte lass` es morgen eine gute Nachricht geben, dass seine Papiere da sind und er endlich kommen kann. Bitte, Allah, helfe uns. Die Botschaft sagte: **Nein.** Mit der Begründung: **keine** schutzwürdige Ehe. Also Anwalt nehmen, der wird uns helfen. Der Anwalt hat gleich Akteneinsicht gefordert. Jetzt wieder warten. Ich werde irre. Jedes Mal dieses Warten. Wenn das so weitergeht, wird es mich irgendwann in den Wahnsinn treiben. Ich war beim Hausarzt, habe mir eine Bescheinigung geholt, weil ich so sehr abgenommen habe, nicht schlafen und essen kann. Hoffe nur, die Botschaft sagt endlich: Ja. Denn ich kann nicht mehr. Meine Kräfte sind am Ende. Warum wird uns nicht gestattet, unsere Ehe, schriftlich bereits bestätigt, zu leben?? Jeden Tag fehlt er mir mehr. Ich spüre, wie eine große Wolke, gesponnen aus Sehnsucht, sich um mich legt, mich irgendwann einschließen wird, mich umarmen, mich erdrücken wird. Das muss doch nicht sein. Oder?????? Auch wenn wir jeden Tag Kontakt haben. Der Skypekontakt ist nicht dasselbe, als wenn wir zusammen sind. Er ist alles, was ich will, wollte und brauche in meinem Leben. Hoffe nur, am Montag gibt es mal eine gute Nachricht. Ich kann nicht mehr. Bin am Ende ohne meinen Mann.

Die Arbeit im Callcenter ist o.k. Wäre nur mehr bei der Arbeit, wenn mein Mann bei mir wäre, wir endlich unsere Ehe glücklich führen könnten. Bitte, Allah hilf´ uns. Dieses Warten ist so schrecklich, tut so weh. Oder liegt es vielleicht daran, dass diese beiden Religionen, das Christentum und der Islam, für unvereinbar gehalten werden, weil sie auf verschiedenen Wurzeln beruhen. Wir sehen doch täglich, in der Presse, im Fernsehen, was die Religionen mit den Völkern machen. Wie Einzelne Macht aufbauen, Macht behalten, jedoch Macht nicht abgeben wollen. Alles entspringt doch einem Keim. Und dieser Keim befindet sich im Herzen eines jeden Menschen auf diesem Planeten. In vielen Herzen wächst jedoch dieser Keim nicht. Er liegt vergraben unter anderen Sehnsüchten. Der Träger lässt es, aus welchen Gründen auch immer, nicht zu, dass dieser Keim zu wachsen beginnt und zu einer Blume heranwächst, Duft verströmt, die Menschen gefangen nimmt. Je älter wir werden: Viele beginnen, sich nicht mehr gegen

Umstände zu wehren, geben auf. Aziz und ich jedoch. Wir tun das nicht. Wir gehen unseren Weg weiter. Bis zum Ende. Ein noch offenes Ende. Ist überhaupt ein Ende dieser Odyssee in Sicht? Ist überhaupt eines vorgesehen, von Allah, von Moses, von welchem Gott auch immer?????

Die Gesetze in Deutschland. Teilweise leisten sie einer Bevormundung Vorschub. Warum kann ich nicht einfach nur glücklich sein mit meinen Mann? Warum erfinden sie immer wieder neue Sachen, um uns zu schikanieren? Ich lebe und arbeite gern in diesem Land. Doch wenn die Umstände Aziz und mich in die Verzweiflung treiben. Was macht dann noch Sinn? Aziz und ich. Wir beide suchen doch nur einen Platz auf diesem Planeten, an dem wir glücklich zusammen leben können. Oder gibt es diesen Platz auf Erden nicht? Ja. Manchmal stelle ich mir auch diese Frage. Das kann doch nun wirklich nicht zu viel verlangt sein. Oder doch? Er will da sein für mich, mich unterstützen, mir helfen, mich glücklich machen. Aber sie sagen **Nein!".** Er darf nicht kommen.

Allah, hilf uns. Bitte. Ich bin am Ende. Ohne meinen Mann gibt es kein Leben mehr für mich. Hoffe nur, dass Joana etwas erreicht. Mein Mann soll, so schnell der Wind ihn aus Marokko zur mir wehen kann, herkommen. Tränen in den Augen, sagt sie: „Ich helfe Euch, denn ich kann Euch nicht mehr leiden sehen!"

Das Ende?

Ich schaue aus dem Fenster. Wir überfliegen gerade Frankreich. Da höre ich ein Rascheln neben mir. Er ist mit dem Lesen fertig. „Astrid. Ist das alles wahr. So, wie ich es gelesen habe. Die ganze Geschichte. Deine Geschichte?" „Ja." Da spüre ich, wie tiefes Mitgefühl in ihm aufsteigt. Er versucht instinktiv, mich in den Arm zu nehmen, um mich zu trösten. Nach kurzem Zögern lasse ich es zu. „Astrid. Was soll ich dazu sagen? Ich sehe in dein Gesicht und in deine Augen. Und nichts lässt vermuten, dass eure Liebe auf einer Lüge aufgebaut ist. Es ist wirklich schwer zu verstehen. Ein so weltoffenes Land wie Deutschland und dann das hier." Er wedelt kurz mit dem Manuskript. „Es ist einfach mit dem ganz normalen Menschenverstand nicht zu begreifen. Doch eines ist sicher. Die Sprache des Herzens, die nicht zu hören ist, kann gerade darum von niemanden gehört werden. Sie kann nur gefühlt werden. Oder eben nicht. Und wenn ich in mich gehe." Er hält einen kurzen Moment inne und spricht dann weiter. „Während ich den Text gelesen habe, wurde es warm in meiner Brust. Und die niedergeschriebenen Worte sind nicht nur über meine Augen in meinen Verstand eingedrungen. Nein, sie haben auch den Weg in mein Herz gefunden. Und der Sprache meines Herzens vertraue ich. Ich bin der einzige, der sie hören kann. Und mein Herz hat mich noch nie belogen. Astrid, mach weiter. Es wird ein gutes Ende geben. Ich weiß das."

Ich greife kurz in die Innentasche meines Blazers, fühle den Brief. Und dieser Brief ist die Lösung für alles. Es ist meine Trumpfkarte. Und ich werde sie ausspielen. Wenn nichts mehr nützt, nützt nur noch eines. Ich überlege noch, ob ich es meinem Sitznachbarn erzähle. Doch ich tue es nicht. Was soll es? Er ist ein Fremder. Eine flüchtige Begegnung. Er muss es nicht wissen. Ich spüre nur, dass er auf meiner Seite steht.

Da leuchten plötzlich die Anschnallzeichen über unseren Köpfen auf. Wir schauen uns noch kurz in die Augen. Er wünscht mir viel Glück. Und ich mit einem Mal spüre ich es. Es ist sicher. Wir werden es bekommen. Aziz und ich.

Niemand kann im Moment einschätzen, wie das alles noch enden soll. Ich hoffe und wünsche mir, dass es gut endet. Oder sollen wir wirklich das, was uns alle zusammenhält, die LIEBE, in Frage stellen? Nein, das sollten wir nicht. Nur daraus, und wirklich nur daraus können wir Kraft ziehen. Kraft für ein sinnerfülltes Leben. Die Geschichte von Astrid und Aziz ist nicht gut ausgegangen. Aziz hatte keine Geduld und Sarah keine Kraft mehr. Aziz vergriff sich mehr und mehr im Ton. Sie sind seit August 2017 geschieden. Doch Astrid hat nicht aufgegeben. Sie lebt weiter ihr Leben. Sie hat nicht viel zum Leben. Aber sie verzweifelt nicht. Doch die Tränen in der Nacht, die über ihre Wangen rollen, die zeigt sie niemandem.

Die Menschen, die Gott am meisten liebt, die lässt er auch am meisten leiden.

Der Wegwanderer

Es weht kein Wind. Sein Blick schweift über das Weizenfeld. Das Korn würde nicht mehr lange brauchen. Dann wäre es bereit zur Ernte. Mitten auf dem Feld, unweit von ihm, leuchtet flammenrot eine Mohnblume. Sie hat es geschafft, inmitten der Ähren, die natürlich den ganzen Platz für sich in Anspruch nehmen, sich durchzusetzen und überragt nun die Vielzahl ihrer Nachbarn um einiges. Stolz streckt sie ihre Blüte der leuchtenden Sonne entgegen. Er steht am Feldrand, sieht am Himmel vereinzelt einige Wolken vorbeiziehen. Auf einer Leitung, die sich über das Feld von Mast zu Mast spannt und durchhängt wie eine Riesenschaukel, setzen sich zwei Tauben und beginnen miteinander zu turteln. Während seine Augen in der Ferne den Horizont abtasten, dringt eine süße Melodie in seine Ohren, die sein Herz berührt, geträllert von einem Singvogel, der sich auf dem Ast einer Birke hinter ihm niedergesetzt hat, um die Welt mit seinem Gesang zu betören.

Für einen kurzen Moment nur empfindet er in sich tiefen Frieden und weiß sich eins mit der Welt. Stunden hätte er diesen Moment festhalten wollen, ist sich jedoch der Absurdität dieses Wunsches bewusst. Gleichzeitig spürt er auch in diesem Augenblick, wie schon seit einigen Wochen, eine Sehnsucht in sich. Obwohl alles im Einklang scheint, drängt irgendetwas in ihm nach Veränderung. So, als wenn ihn eine unsichtbare Kraft sanft auffordert, das Schiff seines Lebens noch einmal in eine andere Richtung zu steuern zu einem unbekannten Hafen in eine andere schöne Welt. Er konnte es sich nicht erklären, weigert sich jedoch, diese innere Stimme zu ignorieren und will ihr unbedingt folgen. Unbestimmt und vage versucht sich ein seit Jahren schwelender Wunsch aus der Tiefe seines Herzens nach oben zu arbeiten. Und jetzt war es soweit. Dieses Gefühl, das wir spüren, wenn etwas kurz vor dem Durchbruch ist. Er weiß nur eins, es jetzt zu verleugnen würde bedeuten, es für immer zu begraben und auf ewig zu bereuen. Er weiß überhaupt nicht, was da kommen würde, wenn er jetzt Wege einschlug, vor denen er sich immer gescheut hatte. Sein Verstand hatte immer genug Ausreden parat gehabt, ihn abzuhalten, ihn auszubremsen, ihm Gefahren vorzugaukeln. Schon seit einiger Zeit misstraut er seinem Verstand. Sein Kompass schickt ihn in die eine Richtung. Sein Geist klammert sich jedoch an die

Nadel und will verhindern, dass sie in eine andere Richtung pendelt. Was für ein Irrsinn. Das war ihm klar geworden. Nur diese Stimme sollte noch entscheiden, wo, wie und mit wem es weitergehen sollte, niemand anders. Jetzt war er soweit, seinem Verstand zu gestatten, nach Gründen zu suchen. Und einer reihte sich an den anderen. Doch sind es wirklich Gründe, die lohnen, einen neuen Weg zu gehen? Unser Streben nach Vollkommenheit endet oft in Verzweiflung, weil einfach zu viele Dinge von anderen Kräften, von dem sich unsichtbar fortpflanzenden Willen anderer durchwoben werden. Doch die Welt, die sich außerhalb unserer scheinbar existierenden Bilder des Inneren befindet, schließt uns ein in Kreisläufe und Beziehungen, die dem großen Plan folgen. Die Zahnräder der großen Lebensuhr drehen sich schon ewig. Nur unsere begrenzte Sicht durchschaut es nicht.

Er konzentriert sich wieder auf den Augenblick. Ein Nagen an seiner Lebenszuversicht will er nicht zulassen. Vor allem deswegen nicht, weil er weiß, es ist aus ihm selbst herausgeboren. Und genau so war ihm klar: Er konnte es jederzeit abstellen. Die Flamme in ihm hatte in letzter Zeit wieder begonnen, größer, kräftiger und heller zu lodern. Dieses Feuer ist jedoch kein Feuer, das alles, was sich ihm in den Weg stellt, vernichtet und auffrisst. Es ist das Feuer der

Lebensfreude, das Sterne zu hellerem Leuchten bringen kann und das Herzen einander berühren und strahlen lässt im Rausch der Sinne. Doch in der Asche liegt auch noch Kohle, schwarz und unheilverkündend.

Und so sieht er sich manchmal zurückversetzt in eine Zeit, die ihm nicht gut getan hatte, jedoch überstanden war und für das heute nicht mehr von Bedeutung war. Die gedanklichen Rückblenden bereiteten ihm sogar Freude, da sie ihm die Vielfalt seines Lebens aufzeigten. Nein, es war nie eintönig gewesen und langweilig schon gar nicht. Doch jetzt war es soweit. Er will nun dieser Sehnsucht folgen, die ihm sein Verstand nicht erklären konnte. Die nur fühlbar, sonst nicht erfassbar war. Wann, wenn nicht jetzt und hier. Er schaut noch einmal zu den Wolken empor, die angetrieben vom Sommerwind wie kleine Segelboote in die Ferne treiben, registriert die Tauben, die ihr Liebesspiel beendet haben und einfach gemeinsam davonfliegen. Dann geht es los. Er schaut nicht einmal mehr zurück auf das Gelände hinter ihm, wo er momentan seinen spärlichen Lohn erarbeitet und noch dafür dankbar sein soll, weil es der Nächstenliebe und Menschlichkeit dient. Schluss damit. Er geht los. Er betritt einfach das Weizenfeld. Die Ähren schienen vor ihm zu weichen, als er schwungvoll und voller Entschlossenheit einem neuen noch nicht konkret fassbaren jedoch innerlich ersehnten Ziel entgegenstürmt. Je weiter er auf dem Feld voranschreitet, umso mehr lösen sich die Fesseln seiner gegenwärtigen Lebensumstände. Sein Herz beginnt zu tanzen, die innere Stimme vor Freude zu jubilieren. Er fühlt plötzlich eine Weite in sich, die grenzenlos scheint. Frei, grenzenlos und ewig. Ein lautes Lachen platzt aus ihm hervor. Er nimmt sein altes Leben, das ihn, zum Teil auch selbst gewählt, zusehends eingeengt und wie eine bleierne Rüstung niedergedrückt hatte, überlegt nicht zu lange und wirft es weg, um sich ein neues aufzubauen bei 100 Prozent Risiko. Das ist es allemal wert. Er startet bei null. Alles auf Anfang. Er wirft die Hände in die Luft, schaut in den Himmel. „Welt, ich komme!" Er beginnt zu laufen, streichelt dabei mit den Händen die Ähren rechts und links, blinzelt in die Sonne und fühlt sich unendlich glücklich. Die regelmäßig auflodernden Flammen des Zwists in seiner Beziehung sorgten dafür, dass sein Leben bisher nie langweilig war. Jeder Morgen barg immer ein Geheimnis. Er versteckt die Erlebnisse des Tages hinter einer dicken Wand aus Ungewissheit und verkündet trotzdem frohe Zuversicht. Das Verweben des unsichtbaren Feuers ihrer Gefühle erzeugte Vulkanausbrüche, denen er sich oft nicht mehr gewachsen fühlte. Ihre Fantasien enthielten oft so viele tötende Bilder. Und es fiel ihm immer schwerer, die Sonne, die aus unser aller

Herzen scheint und das Leben in etwas strahlend Schönes verwandelt, am Leben zu halten. Während sie die leuchtende Zukunft immer wieder mit dem Mantel der Angst und Unentschlossenheit verhängte, hatte es ihn mit der Zeit mürbe gemacht, jedes Mal wieder die große Schere der Hoffnung zu bedienen, um diesen Mantel zu zerstören. Manche Menschen wollen einfach ihr Leben zu einem permanenten Hürden- und Hindernislauf gestalten. Na dann immer vorwärts. Ich für mich hatte beschlossen, diese Leitlinie abzulehnen. Viele lassen sich einfach in ein vorgegebenes Schema pressen und sind fest überzeugt, sie müssten den von Einzelnen erzeugten Regeln unbeirrbar, ohne sie zu hinterfragen, folgen. Doch sein Lebenskarussell ist noch nicht bereit, sich ausbremsen zu lassen. Im Gegenteil. Es beginnt jetzt erst richtig Fahrt aufzunehmen. In den 3. oder 2. Gang zurückzuschalten, das gestattet ihm schon sein noch nicht ganz vergrabener Stolz nicht. Er war über die Jahre oft bereit gewesen, sich klein zu machen. Doch das Maß ist voll. Und zwar genau in diesem Moment. Selbst, wenn es anderen wie eine Fahrt von den Menschen weg vorkam. Für ihn ist es die Erlösung.

Er geht weiter durch das Kornfeld. Jetzt sieht er auf einmal in einigen Metern Entfernung eine kleine freie Fläche. Eine Stahlplatte, von der Fläche her nicht viel größer als ein umgestoßener Koffer. Sie ist mit Rost überzogen. An der einen Seite deuten zwei Scharniere an, sie würde sich bewegen lassen. Wenige Zentimeter vom anderen Rand entfernt ist ein Riegel, durch den, wenn man ihn leicht anheben würde, diese Stahlplatte wahrscheinlich öffnen könnte. Das Betonbett rings um die Platte ist zugewachsen. Zwei spanische Wegschnecken in unterschiedlicher Braunfärbung, die, wie er in den letzten Tagen beobachtet hatte, für sich bei den häufig einsetzenden Regenfällen die idealen Verhältnisse fanden, sich hier überall herumzutreiben, gleiten gerade quer über die Platte und ziehen eine deutlich sichtbare Schleimspur hinter sich her. Er streicht das Gras am Rand mit der Hand etwas beiseite und erkennt ein stark verwittertes Betonbett. Da er sowieso auf dem Weg ins Nirgendwo ist, sieht es für ihn wie eine Einladung aus. Kurz entschlossen greift er nach dem Griff, bewegt ihn etwas hin und her, weil er festgerostet ist. Er lässt sich jedoch gut anheben. Seine Hand greift darunter. Es geht leichter, als er denkt. Er hebt die Platte an. Sie quietscht in den völlig eingetrockneten Scharnieren. Er legt sie auf die andere Seite. Jetzt wirft er einen Blick hinein.

Dann entschließt er sich doch zu etwas anderem. Der Gang unter die Erde erscheint ihm plötzlich wie seine eigene Beerdigung. Und dafür ist die Zeit noch nicht gekommen. Er schließt die Klappe wieder, geht weiter und erreicht den Feldrand. Ihm ist nicht nach Gesprächen, auch nicht nach Begegnungen mit Menschen. Er will nur weg, ganz weit weg, an einen anderen Ort, in eine andere Zeit, wie auch immer. Je älter der Tag wird, umso mehr nähert sich die Sonne dem Horizont und beginnt, unterzugehen. Die Dämmerung setzt ein. Die Vögel sammeln sich in Schwärmen, um ihren Nachtruheplatz zu suchen und einzunehmen. Er überquert eine Landstraße, sieht aus der Ferne den schwächer werdenden Autoverkehr und betritt eine Wiese, die einem Wald vorgelagert ist. Das Gras ist trocken und verbrannt. Langsam und merklich sinkt die Umgebungstemperatur. Am linken Rand der Wiese sammeln sich einige Pferde, die sicher bald in ihre nächtliche Unterkunft überführt werden. Er ist allein, jedoch nicht einsam. Er hängt seinen Gedanken nach, erreicht, ohne es richtig gemerkt zu haben, den Wald und betritt ihn. Die Spuren des Sommers, vertrocknete Äste, das Laub vom letzten Herbst breitet sich vor seinen Füßen aus. Die Sonne ist hinter dem Horizont verschwunden. Die blaue Stunde macht die Runde, auch hier. Es wird dunkel. Die Bäume erscheinen etwas größer.

Ein kurzes unbewusstes Klopfen auf die rechte Hosentasche beweist ihm, dass die Schachtel Streichhölzer, die er sich vor zwei Tagen eingesteckt hat, noch da ist. Er hat sie nicht irgendwo liegen lassen, wie es ihm schon oft passiert war. Er liebt es, wenn der Geruch eines verlöschenden Streichholzes in seine Nase steigt. Genauso wie er es liebt, in völlig dunklen Räumen ein einzelnes Teelicht anzuzünden, es mitten im Raum nicht etwa auf den Tisch sondern auf den Fußboden zu stellen und sich an den Schatten in den verschiedenen Formen an der Wand zu erfreuen. Alles andere wird sich finden. Er überlegt noch, ob er weitergehen soll. Das Licht verschwindet vollständig. Es ist dunkel. Rabenschwarz. Er sieht nichts mehr. Er greift die Schachtel aus der Hosentasche, öffnet sie und nimmt eines heraus. Dem Himmel sei Dank, dass die Schachtel noch so gut wie voll ist. Er zündet ein Streichholz an, leuchtet in die Gegend und es verschlägt ihm fast den Atem bei dem Anblick, den der Wald bietet, wenn es stockfinster ist. Leise Angst, sich nicht mehr orientieren zu können macht sich breit. Nach einem von Ferne hörbaren Knacken richten sich seine Nackenhaare auf. „Hey" ruft er, mehr noch, um die eigene Angst unter Kontrolle zu halten. Plötzlich fährt ihm ein kalter Schauer über den Rücken. Er glaubt jemanden zu sehen, der sich ihm in den Weg zu stellen scheint. Ein zweites „Hey", doch wieder keine Antwort. Das erste Streichholz verlischt. Der geliebte Duft von verkohltem Holz steigt in die Nase, lässt jedoch kein Genießen zu. Zu angespannt ist er. Das zweite

165

Streichholz rutscht an der Zündfläche entlang und flammt ruckartig auf. In etwa drei Metern erkennt er die Umrisse eines „schwarzen" Mannes, geht ruckartig auf ihn zu, bedenkt den Luftzug nicht bei seiner Bewegung. Das Streichholz verlischt. Nun ist die Entfernung nicht mehr einzuschätzen. Er berührt etwas Metallisches, das ins Wanken gerät, das Gleichgewicht verliert, nach hinten fällt und beim Berühren des Bodens einen scheppernden Lärm erzeugt, der ihm durch Mark und Bein geht. Er kniet nieder, tastet den Boden um sich herum ab, berührt den herunter gefallenen Gegenstand. Sein Geist baut aus den Wahrnehmungen ein Bild zusammen. Dann kommt ihm die Erleuchtung: eine Ritterrüstung. Er tastet sich weiter und spürt, dass sich ein großer Baum vor ihm befindet. Er geht langsam um ihn herum, merkt dieser Baum ist sehr alt, sehr krank, weil sich ihm plötzlich ein Hohlraum erschließt. Er kann den Baum betreten. Um sein Nachtlager braucht er sich keine Gedanken mehr zu machen. Drinnen tastet er die Innenwände des Stammes ab, entdeckt ein kleines kreisrundes Loch, groß genug, um hineinzulangen. Er lässt seinen Arm hineingleiten, bekommt etwas Pergamentartiges zu fassen, umschließt nun mit seiner Hand die Rolle, zieht sie heraus. Wieder wird ein Streichholz, und sie sind knapp bemessen, geopfert werden müssen, damit er den Inhalt erfährt. Er hat die eine Option und setzt sie, seine Neugier im Zaum haltend, um. Er entrollt im

Licht des Zündholzes das Pergament. Dort stehen in alter deutscher Schrift Worte, die er kaum glauben kann. „Die Sage des jungen Heinrich zu Rostock" Er ist wie gebannt in diesem Augenblick. Seine Gedanken schießen quer. Er sieht sich um, besser gesagt, er sieht nichts. Die Streichhölzer versprechen ihm zumindest einige „abgezählte" lichte Momente. Die Ritterrüstung, in ihre Einzelteile zerfallen, ist fast Sinnbild für das Chaos, das sich im Moment in seinem Kopf auszubreiten droht. Zu essen hat er nichts dabei. Nur die Luft, die er hier atmet, ist sauber. Das Pergament in seinen Händen entführt ihn auf seltsame Weise in eine andere Zeit. Und selbst, ob er die Augenlider nun geschlossen oder offen lässt, ist völlig bedeutungslos. Dieser Sinn ist ihm genommen worden. „Was mache ich jetzt?" spricht er, mehr zu sich selbst und erschrickt ob des leisen Echos, das zurückkommt. „Was mache ich jetzt?" dringen seine Worte noch einmal, völlig verfremdet in seine Gehörgänge. Soll ich jetzt meine Streichhölzer verschwenden, um mir das Pergament durchzulesen, eine alte Geschichte aus dem Mittelalter, oder soll ich es lieber in der Hand behalten, los gehen und meine „Lichtmomente" in Form von schwarzem Phosphor noch schonen. Oder andersrum. Die Streichhölzer aufbrauchen und mit der Geschichte im Kopf den Weg in die ungewisse Dunkelheit weitergehen. Hier sitz ich nun, ich armer Tor, flüstert ihm die Eingebung zu und bin nicht schlauer als zuvor. Die ersten Sätze möchte ich schon wissen, spricht er zu sich. Die Neugierde meldet sich und lässt ihm keine Ruhe, bis er das erste Streichholz entzündet und zu lesen beginnt:

Geschichten aus früheren Zeiten haben meist einen wichtigen Grund, aus dem sie niedergeschrieben wurden, so auch diese. Immer wieder begegnen uns auf unserem Lebensweg Menschen, die etwas Besonderes ausstrahlen, die andere aus oft unerfindlichen Gründen für sich einnehmen und beeinflussen können. Von so einem Menschen handelt diese Sage. Von Heinrich, dem Jungen mit einem Herzen so groß und mit einem Gerechtigkeitssinn so stark, dass er die Menschen zu seiner Zeit damit tief beeindrucken konnte. Und so hat sich alles zugetragen. Diese Sage wird aus sehr gutem Grund heute noch erzählt, weil sie den Menschen Kraft geben soll, Kraft, sich gegen Unrecht aufzulehnen, für Gleichheit und Gerechtigkeit unter den Menschen zu sorgen. Denn diese haben im Laufe der Geschichte nie dazugelernt. Sie sind immer wieder Scharlatanen, Manipulatoren und hinterhältigen machtgierigen Typen aufgesessen und standen meist am Ende alleine da. Was nützen dir positive Charaktereigenschaften, wenn du nicht in der Lage bist, ihre hehren Ziele auch in der Realität umzusetzen. Nichts. Eine gute Strategie, Menschenkenntnis und persönlich gesammelte Erfahrungen können dir immer nützlich sein. Und nicht nur dir sondern allen Menschen. Der gesamten Menschheit. Darum lies diese Sage.

Die Sage des jungen Heinrich zu Rostock

In einer Zeit, als Hexen und Zauberer die Menschen noch verwirren konnten, als noch nicht lärmdröhnende Metallvögel am Himmel schwirrten, da wohnte in einer recht verwitterten Hütte am Ende des Barnstorfer Weges der Scherenschleifer Adrian. Das Äußere des Hauses, in dem er wohnte, wies auf seine niedere Herkunft hin. Das hinderte ihn jedoch nicht daran, lebensfroh in die Welt zu blicken. An seiner Seite hatte er sich schon vor Jahren die getreue Gundula geholt. Des Morgens, wenn der Hahn des Nachbarn in dem Dorfe Barnstorf mit seinem Gekrähe den Tag begrüßte, war es auch für Adrian Zeit, denselben zu beginnen. So erhob er sich denn aus seinem Nachtlager, strohgebettet, so, wie er jede Nacht auf dem Boden der Tenne des Nachbarn verbrachte, die er extra zu diesem Zwecke angemietet hatte, weil ihm nichts anderes vergönnt zu sein schien auf dieser Mutter Erde. Ihn ficht seine niedere Herkunft nicht an, da der Sonnenschein in seinem Leben, die Gundula, ihm jeden Morgen den Tag vergoldet. Nichts gab ihm so viel Kraft und Zuversicht wie die Liebe zu seiner Frau. Sie träumten schon lange von einem

Kinde, das die Krönung ihrer Liebe wäre. Doch der Tag, an dem dies geschehen würde, sollte nicht mehr fern sein.

An einem Tag im September des Jahres 1341 fiel der Regen wie Bindfäden vom Himmel. Das Geschäft lief schlecht heute. Und so kam Adrian, miesgelaunt, heim zu seiner Frau. Ihre Liebe zu ihm gebot ihr, ihm auch an diesem Abend fest zur Seite zu stehen. Nach dem Abendmahl starrte er das Feuer des Herdes an, dunkelte den Raum ab, entzündete eine Kerze auf dem Küchentisch und sprach mit verwundetem Herzen zu ihr: „Gundula, warum macht es uns Gott nur so schwer auf Erden. Ich verrichte mein Tagewerk täglich über die normale Zeit. Oft fühle ich, dass meine Kraft mich für Minuten verlässt und die Zuversicht in meinem Geiste schwindet. Dunkle Wolken vernebeln mein Herz und lassen es nicht mehr das Licht der Sonne erblicken." Sie legte ihre Hände von hinten auf seine Schulter und wusste, sie würde ihm heute noch etwas mitteilen, das die dunklen Wolken vertreibt und die goldenen Zeiger der Petrikirche weiter wandern lässt.

Missmutig gestimmt griff er ihre Hand und wollte sie schon von seiner rechten Schulter entfernen, als sie den Druck erhöhte und ihn für sich so auf dem Stuhle festhielt. Er erblickt seine Laterne auf dem Küchenschrank, mit der er sich vor das Haus begeben wollte. Sie lässt es nicht zu. Ein schlechtgelaunter Mann ist das letzte, was sie in diesem Augenblick gebrauchen konnte. Denn sie ist schwanger schon seit 12 Wochen und nun sollte er es auch zu wissen bekommen. Das Wort „Zukunft" bekommt für beide wieder eine schöne, gelassene, Zuversicht streuende Wirkung. Sie weiß, es wäre ihm egal ob Bub ob Mädel. Hauptsache, ein Kind, ein Sonnenschein, der alle Schatten vertreibt. Wie sag ich es ihm? Wie würde er es aufnehmen? Sie zögert nicht mehr und flüstert es ihm leise in sein rechtes Ohr. Und das genau an diesem Abend, der die Sonne versinken lässt wie in einem erträumten Märchen. Schauer des Glücks liefen über seinen Rücken. Er springt vom Stuhl, nimmt sie in die Arme und küsst sie inniglich. Egal, ein Glückskind, vom Namen noch unbekannt, jedoch der vorher prophezeite Funken des Glücks für die Ewigkeit. Die Herzen aller sollte die Ankunft des Kindes erleuchten. Ein Frühling des Himmels sollte die Welt erreichen. Für die Ewigkeit? Nein, das würde nicht möglich sein. Aber es sollte schon wahr werden für ihre eigene Welt. Sie hat sich schon den Geburtstermin auf dem Markt wahrsagen lassen. Der 15. März des Jahres 1342 nach Christi Geburt. Sie will einen glücklichen Mann an ihrer Seite sehen. Sein empfindliches Gemüt weckt oft Zweifel in ihr, die sie zulässt, jedoch nicht befürwortet. Glück, was ist das, ein Gefühl, eine Sehnsucht, unstillbar, weil immer gesucht? Nein. Seien wir einfach glücklich. Hören wir auf zu suchen und lassen es Platz nehmen an unserem reich gedeckten Tisch. Glück ist unsichtbar, doch immer da, wenn wir es nur zulassen.

Die Sage treibt das Tempo beim Lesen in eine ungeahnte Geschwindigkeit. Er spürt einen Windhauch an seiner Wange vorbei, der das Streichholz zum Erlöschen bringt. Es ist wieder stockfinster wie in einem Höllenschlund. Er schaut sich um, fühlt sich so, als wäre ihm das Licht seiner Augen auf ewig entrissen worden. Er schüttet die Schachtel in seine Hand und beginnt, sie einzeln zu zählen. Es sind genau dreißig. Dreißig. Diese Zahl soll ihn jetzt leiten. Er steckt die Schachtel nach einem kurzen Schütteln in die Hosentasche, nimmt das Pergament in die linke Hand, marschiert weiter in den hohlen Baum hinein, darauf vertrauend, die weiteren Hindernisse bewältigen zu können, die sich noch vor ihm aufbauen würden. Mit dem ersten Schritt kickt er einen Teil der Rüstung nach links weg. Seine Augen bohren sich in die Dunkelheit. Seine rechte Hand tastet vorsichtig die Wand ab. Seine Ohren versuchen, einen Laut zu erhaschen. Nichts. Vorsichtig, fast schlurfend, schiebt er seine Fußsohlen nach vorn, immer darauf bedacht, über nichts zu stolpern, keine Senke oder Grube vorschnell zu erreichen. Er konzentriert zusehends seine Sinne.

Die, die ihm noch geblieben sind. Früher hat es ihm oft viel Mühe bereitet, seine beunruhigenden Gedanken auszublenden. Momentan war das seine leichteste Übung. Seine verlorene Sehkraft macht ihm keine Angst. Dafür scheinen sich die anderen Sinne zu schärfen. Ungeahnte, doch existierende Töne, die zu anderen Zeiten geflissentlich ignoriert worden wären, nahm er mit einem Mal war. Fiepende Töne wandern die Gehörgänge entlang, suchen den Weg in seine Gehirnwindungen, die sich fortwährenden Deutungsversuchen widmen, ohne zu einem Ergebnis zu kommen. Bilder von Fledermäusen, die fast geräuschlos durch einsame und menschenfern gelegene Höhlen gleiten, in die kaum ein Strahl der Sonne gelangt, der auch einen Weg in das eiskalte Wasser eines unterirdischen Bergsees findet, der dort als Wasserquelle für die sehr spärlich vorhandene Flora und Fauna dient. Fast fühlbar lässt sich eine von der Decke fallen, gleitet im Sturzflug auf ihn zu, setzt sich auf seine Nase, krallt sich an seinen Wangen fest und beginnt, nicht ohne ihm vorher tief in die Augen geschaut zu haben, mit seinen Teufelszähnchen an den Augenbrauen zu knabbern, um dann hineinzubeißen. Er fühlt, wie das Blut aus seinem Körper in den Schlund der Fledermaus fließt. Aus der Tiefe seiner Seele macht sich die Ohnmacht bereit, ihn zu umklammern und in einen Abgrund zu reißen, aus dem es keine Wiederkehr mehr gibt. Er zuckt zusammen ob dieser Wahnvorstellung und wähnt sich schon dabei, das Reich des Irrsinns zu betreten. Dieses dann erreicht zu haben, würde ihn zwar von allen Sorgen frei machen. Ein Anflug von Lächeln macht sich auf seinem Gesicht breit. Doch damit würde auch sein Wunsch ersterben, wegzuwandern. Und sollte irgendwann irgendjemand diesen zwar vorhandenen doch für alle unsichtbaren Ort erreichen, so würde er nichts weiter vorfinden als ein Skelett, das neben sich eine Schachtel Zündhölzer und in der linken Hand, zwischen den fleischlosen Knöchelchen, nur das Pergament, das er vorhin gerade entdeckt hatte, auffinden. Und wenn er das Pergament entrollte, es liest, würde ihn vielleicht dasselbe Schicksal ereilen. Und so würde sich dieser Gang nach und nach mit Skeletten füllen. Oder schon gefüllt haben? Er konnte doch nichts sehen. Was hat es mit dieser „Sage des jungen Heinrich zu Rostock" auf sich? Was?

Leicht verunsichert tastet er sich weiter. Eines wollte er nicht verlieren, die Pergamentrolle. Seine rechte Hand beginnt, je weiter er sich in den Gang hineinbewegt, Temperaturunterschiede zu spüren. Es wurde kälter. Die immer feuchter werdende Seitenwand ließ darauf schließen, dass Wasser durch das darüber liegende Erdreich sickert. Durst macht sich bemerkbar. Seine Zunge drängt danach, an der Wand zu lecken, um den Flüssigkeitsbedarf zu stillen. Er hockt sich hin, wendet seinen Kopf der Wand zu, lässt seine Zunge am Fels entlanggleiten. Wohlig perlen einzelne Tropfen von der Zunge seinen Schlund hinunter. Sie wirken kühl-beruhigend. Er beginnt zu frieren. Ein Schütteln erfasst seinen ganzen Körper. Doch die Zündhölzer nützten ihm nichts. Es war nichts da, was er verbrennen konnte. Das Pergament jedoch war ihm heilig. Er stillt den Durst. Und es gelingt ihm durch immer intensiver werdendes Lecken. Obwohl dadurch auch nicht mehr Wasser in seinen Magen gelangt. Er hört auf damit und setzt seinen Weg fort. Er lauscht immer wieder in den Gang, kann jedoch nichts hören. Plötzlich, so als wollte ihn jemand narren, sieht er in der Ferne einen Lichtpunkt von links nach rechts wandern. Er kneift die Augen zu. Lichtpunkt weg. Er öffnet sie. Lichtpunkt wieder da. Dieses Spiel macht er bestimmt fünfmal. Jetzt ist er gewiss. Es lohnt sich, weiterzugehen. Er hat jetzt endlich wieder ein Ziel vor Augen. Licht am Ende des Tunnels. Er schmunzelt über diese Binsenweisheit und macht sich wieder auf den Weg. Nach vorne. In seine ungewisse Zukunft. Die Seitenwand ist trocken. Manchmal hat er das Empfinden, über einen Kachelofen zu streicheln, der die Zeit der größten Wärmeabgabe schon hinter sich hat und am Erkalten ist. Doch Holz strahlt eine eigene Zärtlichkeit aus, wenn man es berührt.

Habe ich eine Wahl? Oder war dieser Lichtpunkt dort in der Ferne einfach nur ein Trugbild, das mir wie bei einer Fata Morgana nur etwas vorgaukelte, um die Hoffnung in mir, hier noch lebend wieder herauszukommen, wach zu halten? Spricht er zu sich, zähmt seinen Enthusiasmus und geht weiter, den Lichtpunkt unverrückbar manifestiert in seinem Gesichtsfeld. Er ist das einzige sich lohnende anzustrebende Ziel. Je weiter er geht, steigt die Umgebungstemperatur wieder an. Seine Beine wollen schneller werden. Doch das Leben ist dagegen. Immer mal wieder legt sich ein Stein vor seine Füße. Der Weg geht durch Bodenwellen hindurch. Einmal stößt er sich gehörig den Kopf, greift sich an die Stirn und spürt warmes Blut über sein Gesicht fließen. Der Punkt vor ihm wurde in Zehntelmillimeterschritten immer größer. Als er seine Beine immer mehr anwinkeln muss beim Vorwärtsschreiten, wird ihm klar. Der Pfad steigt an. Mit einem Mal ist der Lichtpunkt verschwunden. Er kann sein Tempo nicht drosseln, weil er nichts sieht und prallt gegen eine Wand. Er tastet sie ab, fühlt mit den Füßen eine kleine Treppe, die ein Stück hinauf führt. Er schiebt das Pergament hinter seinen Gürtel, kontrolliert, ob die Streichhölzer noch da sind, ertastet die Ausmaße der

Treppe, beginnt, sie hinaufzusteigen. Mit den Händen findet er Halt an den seitlich laufenden Seilen.

Stufe für Stufe steigt er hinauf. Zuerst hat er es noch eilig. Schaut nicht nach links und rechts sondern nur nach oben. Doch nach etwa zwanzig Stufen wird ihm plötzlich klar. Tempo? Warum Tempo? Der Lichtpunkt vor ihm wurde dadurch nicht schneller größer (im Gegenteil). Der Punkt schien immer in gleicher Entfernung vor ihm herzuschweben. Also macht es keinen Sinn. Sein Ziel würde ihm, so oder so, mit jedem Schritt entgegenkommen. Es wäre doch egal, wann er ankommt. Gewiss war eins: Er würde ankommen. Mit Erschrecken stellte er fest, der Punkt wurde zwar nicht größer, mit der Zeit jedoch irgendwie verschwommen milchiger. Ein Klappen mit den Augenlidern nutzte nichts. Das hat er jetzt ein paar Mal probiert. Zehn Stufen weiter beginnt die Farbe von einem bisher noch strahlenden Weiß in ein schmutziges Grau überzugehen. So, als sollte der Ton sich ganz allmählich der Schwärze der Nacht annähern. Wurde es bereits wieder dunkel? Sein Zeitgefühl begann sich aufzulösen. Seine Armbanduhr konnte er nicht lesen. Kurzentschlossen nimmt er sie von seinem linken Handgelenk und lässt sie fallen. Ich brauch` sie nicht mehr. Meine Uhr war in der Vergangenheit wie eine Fessel, die mich zwang, mein Leben in ihrem Takt zu leben. Eine Erfindung, die uns nur einengt in unserem freien Agieren.

Er versteigt sich sogar in die letztendliche Erkenntnis, dass alle Erfindungen, das Leben der Menschen zu erleichtern, es gleichzeitig erschweren. Und wir versteifen uns darauf: Alles tut uns gut. Wir weigern uns permanent, die dritte Seite der Medaille erkennen zu wollen. Wir wissen, sie existiert im Raum. Wir sind wie blind, sehen sie nicht und können sie schon gar nicht formulieren. Sein rechtes Auge beginnt zu tränen. Er weiß nicht, warum. Es läuft immer stärker und strömender wie wenn ein kleines Rinnsal sich sammelt zu einem Bach, der dann irgendwann in seinem Lauf eine Felswand hinunterstürzt. Er schmunzelt in sich hinein. Es beunruhigt ihn nicht. Selbst, wenn er sein rechtes Augenlicht verlieren würde, so bliebe ihm immer noch das linke. Und das war, zumindest noch, intakt. Schloss er das linke Auge, war der weiße Punkt verschwommen grau, umgekehrt strahlend weiß. Stetig, manchmal etwas gehemmt, doch immer nach oben strebend, geht es weiter. Und so beginnt er, alle fünf Stufen die Sehfähigkeit des schwachen Auges zu überprüfen. Und sie ließ nach, ließ spürbar nach. Eigentlich zu schnell, zu viel, für ihn kaum zu ertragen. Blind. Wie soll das denn gehen? Er hält die Fähigkeit, sehen zu können, für den stärksten der Sinne. Nun scheint diese Fähigkeit ihm, wie erschreckend, immer mehr verloren zu gehen. Es macht ihm Angst, voraus zu denken, vorzudenken, was sein würde, was sein könnte. Was wäre, wenn irgendwann, vielleicht schon morgen, mit dem anderen Auge dieselbe Sache beginnt. Doch er weiß, sich darüber Gedanken zu machen, ist überflüssig. Die Sehfähigkeit des linken Auges ist doch erhalten. Auch damit ist die Welt in ihrer ganzen Schönheit gut erkennbar. Er steigt weiter auf. Es wird wieder kälter. Sein Herz beginnt intuitiv heftig zu schlagen. Er hat sein Ziel erreicht. Vor ihm fühlt er eine Tür, die er nur aufzustoßen braucht, um wieder ins Freie zu gelangen. Er befindet sich auf einer Anhöhe. Wie befürchtet, ist das rechte Auge während der Tour über die Treppe erblindet. Er schaut sich um, den Berg hinab. Die Hänge sind schneebedeckt. Nirgends sind Spuren zu erkennen. Er hält, etwas krampfhaft, nach Tieren Ausschau. Nichts. Am Fuße des Berges beginnt ein Laubwald, gespickt mit Eichen und Buchen, der sich knappe zwei Kilometer in Richtung Horizont erstreckt. Dort sind, fast wie verloren wirkend, ein paar Häuser eher Hütten zu erkennen. Aus einem Schornstein steigt Rauch fast kerzengerade in die Höhe. Es ist so gut wie windstill. Er beginnt mit dem Abstieg. Die Schuhe, die er trägt, sind für den Winter denkbar ungeeignet, denn er hat im Sommer die Erde auf einem Weizenfeld verlassen. Doch was soll er tun? Es geht nicht anders. Keine weitere Option offen. Vorsichtig geht er bis an den Rand des Plateaus, greift in den Schnee, formt einen Schneeball, der gerade so in seine Hand passt und wirft ihn den Berg hinab. Er möchte prüfen, wie trittfest der Hang ist. Abrutschen wäre nicht schön. Die Sachen, ein T-Shirt, eine dünne abgewetzte Cordhose und die Sandaletten würden sowieso durchfeuchten. Mit den nassen Sachen war die Chance darauf, sich eine Erkältung an Land zu ziehen, sehr gut. Eine durch die Umstände nicht vermeidbare Sache. Aber gut. Was er im Moment nicht mehr ertragen kann, ist das Alleinsein. Es zieht ihn den Berg hinunter durch den Wald zu den Hütten, besonders zu der einen, aus der der Rauch immer noch aufsteigt und so vermuten lässt, dass dort Menschen wohnen. Er geht den den ziemlich steil abfallenden Hang hinunter, in der Hoffnung nicht abzurutschen und mit Gottvertrauen. Irgendwie würde sich schon alles fügen. Das hatte es immer getan in seiner Vergangenheit. Doch jetzt ist jetzt und nicht gestern. Und auch nicht morgen. Schon beim ersten Schritt sind die Socken feucht. Damit hat er sowieso gerechnet. Er stolpert, fällt auf seinen Hintern, gerät ins Rutschen. Bei diesen Verhältnissen ist das überhaupt keine Überraschung. Das eigene Körpergewicht beschleunigt die ungewollte Reise auf dem Hintern ins Tal. Er will sowieso nach unten. So würde es schneller gehen. Gott sei Dank hatte er eine Stelle am Hang erwischt, die nicht in irgendeiner Form mit unvorhersehbaren Hindernissen gespickt war. Nichts dergleichen. Und während er den langen Hang hinunterrutschte, näherte er sich dem Wald schneller als geplant. Welcher Plan? Meistens kommt doch sowieso immer was dazwischen. Während der Rutschpartie prägt er sich mit dem noch gesunden Auge noch einmal das Gelände ein, um dann unten den Weg durch den Wald zu finden und nicht irgendwie aufgehalten zu werden, durch was auch immer. Jetzt erwacht sein Kampfgeist. Er beginnt, seine Rutschpartie gezielt zu steuern, einfach nur, um unten nicht gegen einen Baum zu knallen und sich schon wieder eine Verletzung zuzuziehen, die, wer weiß, vielleicht sogar tödlich enden könnte. Das war das Letzte, was passieren sollte. Er macht sich am Rand eines im Sommerwind leicht hin und her wiegenden Weizenfeldes auf den Weg in eine neues Leben, weil ihm sein altes, so, wie es bisher verlaufen war, nicht mehr gefiel. Ein neues Leben, das glücklicher verlaufen sollte als das alte. Und dann ändern sich mit einem Schlag die Umstände so DRAMATISCH, das alles im Chaos endet. Von ihm einfach nicht mehr zu kontrollieren, weil übermächtig, niederdrückend und zerstörend. So, als würde man von einem Felsen an einem heißen Sommertag in kühle erfrischende Fluten springen wollen. Jedoch nach dem man bereits gesprungen ist, sich in der Flugphase befindet, der sich nach Abkühlung sehnende Körper sich dem Nass nähert, verwandelt sich das vor den Augen liegende Wasser mit einem Mal in glühende Lava, die einen verschluckt und niemand ist in der Lage, jemals menschliche Überreste zu finden. Er wäre einfach verschwunden. NICHT MEHR DA!!!!!

Er rutscht weiter. Ab und zu liegen Steine im Weg, die seine Füße einfach beiseiteschieben. Der holprige Untergrund bremst die Rutschpartie genügend ab, um sie doch noch steuern zu können. Und so nähert er sich dem Wald. Seine Bekleidung, die Hose, ist bereits völlig durchnässt. Seine Sandaletten taugen überhaupt nicht für diese Umgebung. Die Streichhölzer und das Pergament mit der darauf vermerkten „Sage vom Heinrich" hält er schützend, auf beide Hände verteilt, in die Höhe und hofft, es so vor der Nässe schützen zu können. Es gelingt ihm. Nach gefühlten 10 Minuten ist er endlich am Fuße des Berges angelangt, der dort in eine schmale Ebene vor dem Wald übergeht. Nun sitzt er da. Er steht auf und watet durch den Schnee auf den Wald zu. Es beginnt zu schneien. Die Flocken rieseln lautlos vom Himmel, fallen vor und ringsum ihn auf den Boden und auch auf seinen Körper. So friedlich, so beruhigend.

Er erreicht den Waldrand. Er muss durch diesen Wald hindurch, um zu den Hütten zu gelangen. Er beginnt heftig zu frieren, ignoriert es jedoch, hebt den rechten Fuß und steigt über einen vor ihm liegenden bereits vermorschten Ast und setzt den ersten Schritt hinein. Der Schneefall setzt sich fort und wird stärker. Je weiter hinein er gelangt, umso mehr nimmt der Schnee zu. Wind setzt ein. Böen umkreisen ihn. Doch diese Widrigkeiten kommen ihm sogar noch entgegen und gefallen ihm. Er hasste nur die Widerstände, die sich die Menschen, oft ungewollt, untereinander boten, sich Steine in den Weg warfen, sich permanent wegzudrängen versuchen. Das hatte ihn früher oft sehr zornig gemacht und fast dazu angeregt, Gewalt gegen andere auszuüben, in welcher Form auch immer. Da kann es auch schon mal eine Axt sein. In die Tat umgesetzt hatte er diese Gedanken jedoch nie. Ab und zu musste ein Spiegel oder eine abgeschlossene Tür seine Wut ertragen.

Weiter geht er in den Wald hinein. Die Stärke der Schneedecke wächst. Die Temperaturen sinken spürbar. Er beginnt zu zittern, erhöht sein Tempo, damit seine Muskeln schneller arbeiten und ihm Wärme zu führen. Immer wieder kontrolliert er das Vorhandensein von Pergament und Streichhölzern. Er kommt sich vor wie bei einer Wanderung über den Nordpol. Nur das dort eben keine Bäume stehen und zweitens ihm hier auch keine Eisbären begegnen. Doch kaum hat er das gedacht, hört er in einiger Entfernung ein Knacken. Dann sieht er etwas

Katzenähnliches davonhuschen. Braunbären? Sie können ihm hier nicht das Leben schwer machen. Selbst wenn sie hier existieren, befinden sie sich im Winterschlaf. Ganz allmählich legt sich der Wind. Der Schneefall wird weniger und erstirbt allmählich ganz. Nur bitterkalt ist es immer noch. Und er zittert am ganzen Leib. Sein linkes Auge scannt permanent die Umgebung. Hastig schreitet er auf den gegenüberliegenden Waldrand, um endlich aus ihm herauszukommen und nach eine Chance zu suchen, sich aufwärmen zu können. Es musste doch auf dieser Welt noch Menschen mit Herz geben, obwohl diese manchmal schwer zu finden waren. Die Sprache des Herzens sprechen nicht alle Menschen. Doch die, die das tun, sind wie Edelsteine in einem Haufen Kieselsteine. Sie leuchten von innen heraus und verbreiten dort, wo sie sich gerade aufhalten, Wärme und Wohlbefinden. Anwesender Zorn zieht sich zurück, wird aufgelöst. So sollte es lieber öfter als weniger vorkommen und wir hätten wieder etwas mehr Frieden auf der Welt. Sein Körper wehrte sich gegen die widrige Witterung, in dem er zu frieren und zu zittern begann. Es war kaum zu ertragen für ihn. Er muss raus aus diesem Wald, der ein Geheimnis zu verbergen schien, das sich ihm intuitiv zu erschließen begann. Er beginnt, sich nach menschlicher Nähe zu sehnen. Der Waldrand kommt. Endlich kann er ihn verlassen. Er stapft über die Wiese, nähert sich der ersten

Hütte, deren Scheiben vereist scheinen. Und der Rauch steigt immer noch kerzengerade aus der Esse in den wolkenlosen Himmel über Barnstorf. Etwa zwanzig Schritt vor dem Eingangstor bleibt er stehen und schaut sich noch einmal um an diesem geheimnisvollen Ort, der, so hofft er, ihm eine neue Sicht auf die wichtigen Dinge des Lebens eröffnen würde und wahrscheinlich auch könnte. In diesem Augenblick öffnet sich die Tür mit einem leisen Knarren. Ein kleine Junge, vielleicht fünf, vielleicht auch sechs Jahre alt, läuft, eingemummt in warme Kleidung, hinaus auf diese Wiese, greift in den Schnee, formt einen Schneeball und will ihn sich gerade in der rechten Hand zurecht legen, als er ihn erblickt und in seiner Bewegung innehält. Er schaut ihn mit großen Augen an, kommt langsam auf ihn zu. Der Wegwanderer beginnt sich zu fürchten, zu fürchten vor einem Jungen, den er in diesem Moment im Begriff ist kennenzulernen. Wie würde er ihn ansprechen? Doch der Kleine ist unbefangen, wirft wie zum Spaß den Schneeball nach ihm. „Hey", ruft er ihm zu. „Hey" antwortet er. „Wer bist du? Wo kommst du her? Ich hab` dich hier noch nie gesehen. Du bist fremd hier. Hast du dich verlaufen?" So viele Fragen auf einmal. Und er wollte sie sicherlich auch alle beantwortet haben.

„Ich komme vom Berg dort hinter dem Wald. Ich friere und habe Hunger. Ob dein Vater erlauben wird, mich an eurem Feuer zu wärmen?" „Warum nicht. Komm` doch einfach mit mir mit, ins Haus hinein. Meine Mutter kocht gerade Essen. Sie ist eine liebe Mama und wird dir sicherlich etwas abgeben. Mein Papa ist gerade in Barnstorf unterwegs und will dort ein paar Taler verdienen. Er ist Scherenschleifer. Ich heiße Heinrich. Und wie heißt du?"

„Ich bin der Wegwanderer. Mehr brauchst du erst einmal nicht zu wissen. Vielleicht erzähle ich dir später mehr. Wenn wir vielleicht Freunde geworden sind. Du und ich."

Der Kleine nickte zustimmend, läuft zu ihm, nimmt ihn an die Hand und beginnt mit ihm zum Haus zu spazieren.

Heinrich weiß nichts anzufangen mit dieser Situation. Er ist unbefangen, kindlich, unschuldig vor dem Leben. Er nimmt die Welt noch so, wie wir sie alle IMMMER nehmen sollten. Klar, deutlich in der Aussage, immer durchschaubar. Der Wegwanderer tut ihm leid. Ein frierender Mann, was der Kleine nicht weiß, auf einem Auge blind, hilfesuchend. Das erkennt er. Nicht, weil er tausend Fragen stellt, sondern weil er diesen Mann in diesem Augenblick mit klarem Auge sieht und mit dem Herzen fühlt.

Sie erreichen die Tür des Hauses. Heinrich geht voran, läuft hinein, umklammert das rechte Bein seiner Mutter. „Mama, ich hab` jemanden mitgebracht. Ich hab` ihn auf der Wiese gefunden und einen Schneeball nach ihm geworfen. Mama, er friert, ihm ist kalt und Hunger hat er auch. Kann er mit uns essen? Papa ist doch sowieso noch eine Weile weg." Und an den Wegwanderer gewandt, spricht er: „Aber da", und er legt seine Hand auf einen Stuhl in der Nähe des Ofens, „da darfst du nicht sitzen. Da sitzt mein Papa, den ich ganz doll lieb hab`. Und da darf kein anderer sitzen." Er schaute ganz verschmitzt. „Nicht einmal Mama. Mama hat ihren eigenen Platz. Und ich auch. Guck, ich zeige ihn dir." Und Heinrich läuft zu seinem Schemelchen, müht sich und hat nach einer kurzen Zeit am Tisch Platz genommen. Seine Mutter betrachtet ihn sehr skeptisch. Ihr ist die Sache nicht ganz geheuer. Da schleppt ihr Heinrich einen wildfremden Mann, gekommen vom Berg, ohne Namen, auf einem Auge blind, wie sie schon erkannt hatte, also einen schon mehr auf der Schattenseite des Lebens Stehenden an, der auch noch an ihrem Mittagsmahl teilhaben wollte. Wie das? Sie ist schon fast gewillt, diesen Mann vor die Tür zu schicken. Doch ihrem Sohn zuliebe tut sie es nicht. „Nimm erst einmal dort am Ofen Platz. Wärm` dich auf." Froh, ein Dach über dem Kopf und Wärme gefunden zu haben, setzt er sich neben den Ofen. Sein Blick schweift immer wieder zu

Heinrich. Der Junge ist sein Fürsprecher. Dieser Junge, fühlt er, würde eine Sehnsucht in ihm stillen, die Sehnsucht nach Wärme, Sattheit und Geborgenheit. Die Sehnsucht nach Menschlichkeit folgt anderen Regeln. Sehr undurchsichtig. Kaum von jedem zu erklimmen. Also sitzt er, den Heinrich neben sich, und wartet darauf, vielleicht auch einen Teller wärmende Suppe zu bekommen. Heinrichs Mutter greift nach einer Kelle. Sie beginnt, die Suppenterrinen der Familie zu füllen und sie auf dem Tisch zu platzieren. Der Duft steigt ihm in die Nase. Gemüse, Kartoffeln, sehr übersichtlich und in dem Teller sehr gut auseinanderhaltbar. Wofür es heute Mittag eben gerade so gereicht hat. Sie stellt, auch in Erwartung ihres Mannes, der jeden Moment zur Tür hereinkommen müsste, die vier Teller auf den Tisch, legt vier Löffel daneben. Das muss für heute reichen. Brot ist keins im Haus. Sie hofft im Stillen, ihr Mann hat einen Auftrag bekommen, bringt ein paar Taler nach Hause, so dass sie auf dem Markt auch wieder mal ein Brot kaufen kann. Sie hatten schon lange keines mehr. Das ist es, was ihr Sorgen bereitet. Denn Heinrich wächst heran. Er braucht, je größer er wird, mehr Nahrung. Doch wenn ihr Mann keine Aufträge bekam. Wovon sollte sie einkaufen auf dem Markt? In diesen Zeiten bekommt man nichts geschenkt. Alles muss hart erarbeitet werden. Alles. Almosen waren die Ausnahme. Mal ein paar angefaulte Kartoffeln oder einen Sack

Mehl, in dem sich schon anderes Getier wohlfühlt und das zum Backen von Brot kaum noch geeignet ist. Und dann noch Teilen mit so einem Dahergelaufenen. Sie ist schon gespannt, wie Adrian reagiert, wenn er ihn kennenlernt. Dass Heinrich auf seiner Seite ist, hat sie sofort gesehen. Und wen Heinrich in sein Herz geschlossen hat, der lässt sich aus diesem nicht mehr entfernen. Niemals. Er ist dort zuhause für alle Zeit. Der Wegwanderer spürt, wie sich sein Körper langsam erwärmt. Die Vorfreude auf die warme Suppe lässt seine Stimmung spürbar ansteigen. Die Nähe des Kleinen stimmt ihn zuversichtlich und mutig. Doch der Herr des Hauses, Adrian, würde bald auftauchen. Wie der ihn behandelt, lässt sich jetzt schlecht abschätzen. Ein Blick aus dem Fenster sagt ihm, es ist soweit. Adrian klopft sich vor der Tür die Kleidung und die Schuhe ab, stößt mit dem rechten Fuß die Tür auf und betritt den Raum. Sein Blick erfasst ihn kurz. Dann geht er zu seiner Frau, nimmt sie in den Arm und küsst sie. Währenddessen läuft Heinrich zu seinem Papa, umarmt bei ihm den Oberschenkel und fängt an zu plappern: „Papa, Papa, dort am Ofen, er war draußen auf der Wiese, als ich im Schnee spielen wollte. Jetzt hat er sich schon etwas aufgewärmt, doch vorhin hat er gefroren. Er hat ja kaum was an. Und Hunger hat er bestimmt auch. Mama und ich haben beschlossen, ihm von unserer Suppe abzugeben." Der Scherenschleifer schaut etwas

189

missmutig drein, will jedoch Heinrich nicht in die Parade fahren und dessen Mitgefühl einen Schock versetzen. „Nein, Heinrich, ist schon gut. Er kann sitzen bleiben dort am Ofen und er kann auch mit uns Suppe essen." Adrian ist es immer wichtig gewesen, dass sein Sohn lernt, freundlich und hilfsbereit mit anderen Menschen umzugehen. Auch wenn sie an manchen Tagen Schwierigkeiten hatten, über die Runden zu kommen, war er doch immer sehr bemüht andere Menschen nicht vor den Kopf stoßen. Und das nicht nur, um sich für später durch sein Handeln irgendeinen Vorteil verschaffen zu können. Sein Frieden und der Frieden in seiner Familie sollte durch diese Haltung anderen gegenüber gestärkt und gefestigt werden. Seit Heinrichs Geburt vor sechs Jahren hat Gott täglich an sie gedacht und sie mit allem versorgt, was sie brauchten, um sich einigermaßen wohlzufühlen und zuversichtlich nach vorne zu schauen. Immer, wenn die Not am größten war, gelang es ihm, Aufträge zu bekommen, auch wenn er den Dunstkreis von Barnstorf verlassen und teilweise bis nach Dierhagen, Toitenwinkel oder noch etwas weiter entfernte Dörfer gehen musste. Früh hat er gelernt, wenn er die Menschen gut behandelt, kommt es meistens auch so von ihnen zurück. Und soweit es seine Zeit zu Hause zuließ, vermittelte er das auch seinem Sohn. Sicherlich gab es Grobschmiede und Rauhbeine, die versuchten, ihm das Leben schwerzumachen. Doch damit ist immer zu rechnen. Dass lässt sich nie ganz vermeiden. Viele unter den Menschen haben eben Schwierigkeiten, mit widrigen Umständen umzugehen und lassen es natürlich die anderen spüren, mit denen sie zu tun haben.

Adrian nimmt selbst die Kelle in die Hand, füllt Suppe in die vierte Terrine und bittet den Wegwanderer, am Tisch Platz zu nehmen.

„So, Fremder. Erzähl`, wo kommst du her, wo willst du hin, was hast du vor hier bei uns? Wenn ich dir für eine Weile Unterschlupf gewähren soll, ein Dach über dem Kopf und was zu essen, muss ich schon wissen, wer du bist. Das ist dir doch klar."

„Ja, das ist mir klar. Ich hab` auch keinen Grund, irgendetwas zu verschweigen. Es wird für dich das, was du jetzt von mir zu hören bekommst, sehr unwahrscheinlich, fast unglaubwürdig klingen. Doch es ist die reine Wahrheit. Ich komme aus einer anderen Zeit zu euch. Es begann vor einigen Stunden damit, dass ich im Sommer am Rand eines Weizenfeldes gestanden habe und unzufrieden war mit meinem Leben, so, wie es gerade verläuft, nicht vor drei Jahren oder vor sieben Monaten. Genau in diesem Moment, wo ich dort stand, wollte ich eine Veränderung herbeiführen, bei der ich mich wohl fühle. Und das hab` ich auch getan." Er beginnt, alles zu erzählen, was er bis zu dem Moment, wo er am Tisch von Adrians Familie Platz genommen hat, erlebt hat. Adrian und seine Frau geraten ins Staunen. Heinrich versteht noch nicht viel von dem, was er hört. Am Ende legt er zum Beweis die Schachtel Streichhölzer und das Pergament mit der darauf verzeichneten Sage auf den Tisch. Adrians Frau greift nach der Rolle, streicht sie auseinander und beginnt zu lesen. Ihr Mann wusste es bis jetzt noch nicht. Sie hatte sich in Kindertagen von einer Frau, die von allen im Dorf gemieden wurde, weil sie den Ruf einer Hexe hatte, in die Kunst des Lesens und Schreibens einweisen lassen. Ihr war es damals egal gewesen, dass diese Frau den Beschimpfungen und Schmähungen des Dorfes ausgesetzt war. Dabei war sie einfach nur eine Heilkräuterkundige, die sich im Laufe ihres Lebens auch andere Fertigkeiten zu Eigen gemacht hatte. Eines Tages zeigte ein griesgrämiger Alter, der sich besonders hervortat in seinen Beschimpfungen, diese Frau als Hexe an. An einem frühen Morgen im Herbst schickte der Landgraf, in Absprache mit dem Bischoff, seine Schergen, ließ sie festnehmen, wochenlang foltern und am Ende dann öffentlich auf dem Marktplatz in Rostock verbrennen. Ein Großteil des Volkes hatte sich damals zu dem Schauspiel versammelt, das auch der Einschüchterung des gemeinen Mannes dienen und jeglichen Widerstand im Keim ersticken sollte. Denn der Landgraf presste sie aus, schickte seine

Schergen, die Steuern zu kassieren und ließ auch sonst nichts aus, sich den Unmut der Menschen zuzuziehen. Doch niemand traute sich, gegen seine Bewaffneten zu Felde zu ziehen. Niemand brachte den Mut auf. Jeder begnügte sich mit dem, was er hatte. Ja, in ihren Hütten, da führten Manche große Reden. Doch wenn es darum, etwas zu tun, herrschte Stillschweigen und Angst statt Kampfgeist und Widerstand. Gundula hatte sich unter die Menschen gemischt. Als der Henker die Frau anband, das Holz für das Feuer stapelte und es letztendlich auf Befehl des Landgrafen ansteckte, flossen ihre Tränen in Strömen. Die Menschen in ihrer Nähe schauten sie ungläubig an. Sie konnten sie nicht verstehen. Doch sie hatte dieser Frau sehr viel zu verdanken und verlor sie in diesem Augenblick für immer. Rache begann sich leise zu regen. Und sie schwor sich damals, würde sie irgendwann einen Sohn gebären, so würde sie dafür sorgen, dass dieser Knabe zum Werkzeug ihrer Rache gegenüber dem Landgrafen würde. Später, wenn er groß ist. Heinrich wusste noch nichts von den Plänen seiner Mutter. Mit sechs Jahren war er noch zu jung. Doch Gundula verfolgte ihren Plan über die Jahre mit einer Hartnäckigkeit, die sich nicht einschränken ließ. Darum ist sie jetzt auch erschrocken, als sie den Namen ihres Sohnes erkennt. Sollte da ihr Heinrich gemeint sein? Würde in späteren Zeiten über ihn geredet werden? Sie wusste immer, dass ihr Sohn dazu berufen war, etwas für das Volk zu tun. Sie erzog und erzieht ihn in diesem Sinne. Er sollte einmal als aufrechter, selbstbewusster Mann durch sein Leben gehen. Ein Mann, auf den seine Eltern stolz sein konnten, wenn sie dann ihre alten Tage erreicht hatten und sich von ihm versorgen lassen müssten, weil ihnen selbst die Kräfte abhandengekommen waren und der Tod schon hinter einer Trauerweide am Rand des Dorfes auf sie wartete, um sie endlich abholen zu können. Sie traute sich dann irgendwann nicht mehr weiterzulesen. Sie wollte nicht wissen, was anderen schon bekannt war. Das Schicksal in Voraussicht ist keine gute Grundlage. Es macht nicht mehr neugierig auf das Leben. Es beginnt zu langweilen und den Lebensmut abzugraben. Deswegen rollt sie das Pergament zusammen, gibt es dem Wegwanderer und spricht.

„Wo hast du das gefunden?"

„In einem Schacht, versteckt in der Wand, über die Jahre bewacht von einer leeren Ritterrüstung, die jetzt in ihre Einzelbestandteile zerfallen und dort im Gang am Boden verstreut ist. Irgendjemand hat damals gewollt, dass die Geschichte von Heinrich bekannt wird. Er muss irgendetwas Besonderes vollbracht haben. Irgendetwas, was die Menschen in allen Zeiten ihm nie vergessen und immer hochanrechnen werden. Ich weiß auch nicht, was. Ich habe den Text noch nicht zu Ende gelesen. Wenn er überhaupt vollständig auf dem Pergament steht. Ich hoffe das natürlich. Denn es macht mich unheimlich neugierig. Vor allen Dingen, seit ich weiß, dass dein Sohn auch Heinrich heißt. Vielleicht steht in seinem Lebensbuch geschrieben, dass er noch eine besondere Tat vollbringt, die nie vergessen wird. Weil die Menschen ihm einfach nur dankbar sind, dass er sie von irgendetwas befreit hat."

Gundula beschloss, ihm nicht zu viel zu erzählen. Wer war er denn, ein Dahergelaufener eben. Einer, der ein Pergament in einem verschütteten Gang gefunden und sich darauf irgendeinen Reim gemacht hatte.

„Und was hast du jetzt vor?"

„Ich werde mich hier in der Gegend umschauen", spricht der Wegwanderer. „Vielleicht kann mir irgendjemand noch mehr dazu erzählen."

„Hältst du das für einen klugen Gedanken? Wenn die Leute dich sehen, so wie du angezogen bist, werden sie dir nicht vertrauen. Sie werden dich meiden und wegschicken, beschimpfen oder mit fauligen Gegenständen bewerfen. Damit musst du rechnen." Und um ihm noch einen Seitenhieb zu versetzen, mit dem er nicht rechnen konnte, sagte sie: „Und dann bist du auch noch blind auf deinem linken Auge. Meinst du, das ist deiner Sache dienlich?"

Irgendwie spürte er: Gundula vertraut ihm nicht. Sie will irgendetwas verbergen. Sollte er nachfragen? Nein.

„Pass auf", spricht sie, „Ich geb` dir passende Kleidung. Und wenn du dich ausgeruht hast, so in ein, zwei Stunden, verlässt du unser Haus und gehst deiner Wege." Sie blickt kurz zu Adrian, der zustimmend nickt. Dagegen hat er keine Chance.

„In Ordnung. Ich danke euch für das Essen, die Kleidung und die Möglichkeit, mich aufzuwärmen. In spätestens zwei Stunden bin ich verschwunden. Für immer."

Gundula und Adrian atmeten auf. Nur Heinrich begann, unbequem zu werden. Er hatte alles angehört.

„Mama, warum soll er gehen?"

„Heinrich, er tut uns nicht gut."

„Kann er denn, wenn er noch einmal bei uns am Haus vorbeikommt, noch mal anklopfen?"

„Ja, das kann er."

„Hast du gehört? Solltest du noch mal vorbeikommen, können wir vielleicht noch miteinander Zeit verbringen? Hast du verstanden?"

Der Wegwanderer schaut auf das Kind. Sein Herz beginnt zu schmerzen. Er hat den Kleinen lieb gewonnen. Tränen suchen ihren Weg ins Freie. Er lässt es nicht zu.

„Okay. Ich bin weg. Sofort." Er nimmt das Bündel Kleidung, das Gundula ihm gepackt hat, verlässt fluchtartig das Haus und geht weiter in Richtung Toitenwinkel. Die ganze Sache wird ihm langsam unheimlich. Er möchte das Geheimnis schon ergründen. Doch er spürt: Es wird schwierig. Bei nächster Gelegenheit will er sich umziehen. Er geht, entgegen seinen Plänen, über die Wiese zurück in den Wald. Eine uralte Eiche, innen hohl und begehbar, hat schon auf dem Herweg seine Aufmerksamkeit erregt. Er sucht und findet sie. Ein etwas unbequemes aber dafür trockenes Plätzchen bei dieser Witterung. Er entledigt sich seiner Kleidung und streift sich die Sachen aus dem Päckchen von Gundula über. Er stapelt ein paar in der hohlen Eiche liegende Äste und Zweige aufeinander, um sie mit seinen Streichhölzern zu entzünden. Es gelingt ihm. Erst steigt Rauch in den Himmel. Doch die kleinen Flammen beginnen immer stärker zu züngeln. Das Feuer verbreitet Wärme. Im Kleiderbündel hat er eine kleine

Tonflasche, die Gundula dazwischen gelegt hatte, entdeckt. Er entfernt den Korken, setzt den Flaschenhals an seine Lippen. Gleich darauf ergießt sich eine scharfe Flüssigkeit in seinen Hals. Ihm wird warm. Das Feuer tut sein Übriges. Dann setzt er sich auf den mit Laub besetzten Boden, entrollt das Pergament und liest:

„Lautes Waffengeklirr lockt die Bewohner der Burg des Landgrafen an die Fenster zu dieser unchristlichen Zeit morgens um 4.50 Uhr. Während der Graf selber noch den Schlaf der Gerechten schläft, in den er erst sehr spät nach einem üppigen Zechgelage gefallen ist, schlagen sich seine Wachen bereits erneut mit bewaffneten Knechten, Bauernjungen und was sich da noch sich angesammelt hat und unzufrieden war damit, wie der Graf sein Regime führt. Seine Willkür hat im Laufe der Jahre trotz des Rates seiner Klugen nicht nachgelassen. Im Gegenteil. In politischen Dingen war er ein Depp. Ihn interessierte nur die pünktliche Abgabe der Steuern und was seine Bauern noch so alles an ihn abtreten mussten, damit er sie in Ruhe ließ. Er lässt keinen Punkt der selbsterschaffenen Rechte aus und setzt sie, wenn nötig, mit Waffengewalt auch durch. Seine Knechte sind zum Teil üble Burschen, die schnell mit dem Schwert zur Hand sind und einen Kopf, der das Maul zu weit aufgerissen hat, rollen lassen. Erst vor wenigen Wochen hat ein Bauernsohn sich in seine Magd verliebt. Er wollte sie, unbeachtet vom Grafen, heimlich heiraten und mit ihr die Gegend verlassen. Doch der hat seine Informanten überall sitzen, die er auch gut bezahlt für derlei Nachrichten. Niemand vom Bauernvolk, die an der geheimen Hochzeit teilnahmen, hatten mit dem Auftauchen ihres Lehnsherrn gerechnet. Doch am späten Abend, angetrunken und gutgelaunt, tauchte er mit dreien seiner Knechte dort auf, um sich sein „Recht der ersten Nacht" zu verschaffen. Doch das passte den anwesenden Männern so gar nicht. Sie holten Dreschflegel, Sensen, Hämmer, einen Morgenstern und was ihnen sonst noch so zur Verfügung stand, aus der Scheune und legten sich mit ihm an. Letzten Endes verprügelten sie, während er die Flucht ergriffen hatte, nach Strich und Faden seine Landsknechte, die am nächsten Morgen, zerschunden und mit Flecken übersät, wieder in der Burg auftauchten, wütend und voller Rachegelüste. Das will sich der Graf natürlich nicht bieten lassen. Außerdem will er sich die junge Maid nicht durch die Lappen gehen lassen. Also beschließt er, am nächsten Abend wieder dort hinzugehen und sein Recht durchzusetzen. Doch der Bauernsohn und seine Angetraute waren schon über alle Berge und nicht mehr auffindbar. Die Bauern hüllten sich natürlich in Schweigen. Und als

Dankeschön dafür ließ er drei Häuser anzünden. Denn so etwas sollte ihm nicht noch mal passieren. Das Bauernvolk hatte willfährig zu sein und zu folgen.

Seine Berater hatten ihm abgeraten, im wahrsten Sinne des Wortes mit dem Feuer zu spielen. Doch diesmal, so wie oft, lenkt nicht der Verstand seine Entscheidung sondern etwas anderes. Er ist der Landgraf von Rostock. Ihm hatten sie zu gehorchen. Aufmüpfigkeit wird mit dem Tode bestraft. Es liefen genug arme Halunken herum, die sich kaufen ließen, und die er in den Dörfern ringsum unterbringen konnte, um seinen Reichtum und seine Macht wachsen zu lassen. Doch diese Macht hatte zu bröckeln begannen und zwar schon seit längerer Zeit. Jetzt, so schien es, hatten die Tölpel jemanden gefunden, der sie anzuleiten und sie zu führen schien. Das war nicht gut. Doch er wusste nicht, wer das war. Er hatte schon viele Beutel mit Taler in andere Taschen wandern lassen. Das Geld war er los. Doch in Erfahrung gebracht hatte er so gut wie nichts.

Also beschloss der Landgraf, andere Wege zu gehen. Er will diesen Bauerntölpel, der mit seiner Braut auf der Flucht war, erwischen, ihn hinrichten lassen. An dem Weib hat er sein Interesse verloren. Doch seine Knechte, geschunden und verprügelt, ließen sich bestimmt dazu animieren, ihr

200

aufzulauern, sie zu vergewaltigen und ihr klar zu machen, wer hier in der Gegend das Sagen hatte. Und das nicht erst seit gestern sondern schon die letzten 150 Jahre. Das sollte auch so bleiben."

Es ist später Abend geworden. Da der Wegwanderer öfter an der Tonflasche genippt hat, als ihm gut tat, ist er müde geworden und eingeschlafen. Über Nacht fiel Schnee. Tiefer traumloser Schlaf nahm ihn gefangen, ließ ihn über Stunden und Tage nicht mehr los. Doch die Zeit blieb nicht einfach stehen in Barnstorf.

Zwölf weitere Jahre waren ins Land gezogen. Verändert hatten sie nicht viel. Der Landgraf führte immer noch ein hartes Regime. Mit harter Hand setzte er seine Interessen durch, presste die Bauern aus, nahm sich die Frauen, die im gefielen, freiwillig oder gegen deren Willen. Viele Bauernweiber versprachen sich persönliche Vorteile, wenn sie ihm zu Willen waren. Solange, bis sie merkten, dass er sie nur benutzen also mit ihnen schlafen wollte und sie dann aus ihrer für drei Tage eingerichteten Kemenate hinauswerfen ließ. Nicht einmal das machte er alleine sondern ließ es von seinem Hauptmann erledigen. Die Frauen kehrten dann, oft an Leib und Seele gebrochen und tief enttäuscht, wieder bei ihren Männern auf, die sie dann auch oft genug noch verstießen und sie des

Hauses verwiesen. Die Frauen hatten nicht die Kraft, sich dagegen zu wehren. Sie erwarteten Rache von ihren Männern. Diese dachten jedoch nicht daran, sich mit ihrem Herrn anzulegen. Ihnen war ihr Leben lieber. Und Heinrich wurde mit den Jahren immer sehender. Seine Mutter beantwortete ihm geduldig alle Fragen, die er ihr im Laufe der Jahre stellte. Sein Vater hatte zu wenig Zeit für ihn und legte die Erziehung in die Hände seiner Frau. Meistens, damals so wie heute, bestimmen die Mütter die Lebenswege ihre Söhne, nehmen bewusst oder auch unbewusst Einfluss auf den Charakter ihrer Kinder. Meistens gelingt es ihnen auch, aufrechte Menschen mit einem gesunden Rechtsempfinden zu erziehen. Manchmal eben auch nicht. Doch Heinrich bekam mit der Zeit mit, dass hier Unrecht geschah. Und je älter er wurde, obwohl er die wahre Geschichte seiner Mutter nicht kannte, brodelte es in ihm, sich aufzulehnen dagegen. Mit achtzehn war er zu einem kräftigen Burschen herangewachsen. Im Haus half er seiner Mutter. Draußen bestellte er mit den anderen den Acker. Er kümmerte sich um die Tiere. Zu seinem fünfzehnten Geburtstag hatte er einen Schäferhund bekommen, den er formte und der sein treuer Begleiter über die Jahre werden sollte. Und Heinrich spürte, der Tag war nicht mehr fern, an dem er nicht mehr länger zuschauen würde, was da um ihn herum geschah. Doch er wusste auch, alleine konnte er wenig ausrichten. Also würde er die Männer des Dorfes, vor allen Dingen die jungen, um sich scharen müssen. Mit vereinten Kräften konnten sie Schritte unternehmen, die Bedingungen zu verändern, unter denen sie lebten.

An einem schönen Sommermorgen, die Sonne war hinter dem Barnstorfer Wald hervorgeklettert und versprach, den Tag mit ihren Strahlen zu beleuchten, schlenderte er über die Wiese. Plötzlich begann er sich an ein Ereignis zu erinnern, das eigentlich nur eine kurze Episode in seinem jungen Leben gewesen war. Der Wegwanderer kam ihm in den Sinn. Er rief seinen Hund zu sich. Er hatte den Vormittag für sich und beschloss, durch den Wald zu streifen, um nach Wild zu schauen, das sich dort erjagen ließe. Er kam in die Nähe einer großen alten Eiche, ging um sie herum und wagte seinen Augen kaum zu trauen. Im Hohlraum des Baumes, der von außen bedeckt war mit Geäst und Blättern entdeckte er jemanden. Er begann, den Hohlraum frei zu räumen. Da lag jemand, zu warm angezogen für die herrschenden Temperaturen und schlafend. Er schaute eine ganze Weile. Dann endlich erkannte er ihn. Das war der Mann gewesen, der sie vor Jahren besucht und den seine Mutter rausgeschmissen hatte. Er lag dort, mit einem Pergament in der Hand und schlief. Er schlief wohl schon eine ganze Weile, vielleicht

Stunden, vielleicht Wochen, vielleicht aber auch mehrere Jahre. Es war an der Zeit, ihn zu wecken.

Heinrich befahl seinem Hund, sich an die Seite zu legen, bevor er damit begann, den Eingang des Baumes frei zu räumen. Er wollte den Mann nicht erschrecken. Also ging er ganz behutsam vor. Ast für Ast nahm er, legte ihn neben sich und schuf so einen kleinen Stapel, der reichen würde, ein wärmendes Feuer zu entzünden. In dieser Jahreszeit wäre es doch eher geeignet für einen lauen Sommerabend mit leiser Musik und rotem Wein. Er schaute sich genau in der Umgebung des Wegwanderers um. An der Seite lagen eine Schachtel Streichhölzer. Der Karton im Inneren ist halbvoll und zur Hälfte aus der Hülle herausgeschoben. Daneben lag eine Rolle Papier. Heinrich dachte, die könnte ich doch verwenden, das Feuer besser zu entfachen. Doch halt. Er tastete mit seinen Fingern an den Hals des Schlafenden, spürte einen Puls. Er begann, ihn an den Schultern zu rütteln. Es dauerte einige Zeit, bis der Mann sich regte. Die Augen beginnen, sich ruckartig zu bewegen. Eilige Bewegungen der Augäpfel deuten auf ein baldiges Erwachen hin. Heinrich setzt sich vor den Baum und wartet ab. Es würde nicht mehr lange dauern. Und der Fremde, Davongejagte ist bestimmt erschrocken, wenn er mich hier sitzen sieht. Dann öffnet der Wegwanderer die Augen und sieht in die von Heinrich. Eine ganze Zeit vergeht. Beide schauen sich nur an. Während Heinrich ihn bereits erkannt hat, macht der Wegwanderer sich Gedanken, wer dieser junge Mann wohl sein könnte. Er schaut sich um, sieht die Streichhölzer und das Pergament liegen und ergreift beides ruckartig. Es dauert lange, bis er die ersten Worte spricht.

„Heinrich? Heinrich!!" Spricht er betont und mit Nachdruck.

„Ja."

„Du bist es?"

„Ja."

„Hast du mich gesucht? Oder hast du dich an mich erinnert?"

„Ja."

„Was machst du hier? Du hättest mich auch tot finden können."

„Ja. Das stimmt. Aber du lebst doch. Das ist doch Unsinn, was du erzählst. Du lebst. Der Tod wandelt woanders. Nicht hier."

„Stimmt. Warum hast du mich geweckt?"

„Weil du ins Leben zurückmusst. Verstehst du! Ich hab dich nicht vergessen über all die Jahre. Und meinen treuen Freund," er winkte seinen Hund heran, „wirst du jetzt auch kennenlernen."

Bero erhob sich aus dem Gras, lief mit wedelndem Schwanz auf ihn zu. Vorsichtig beginnt er, den Hund zu streicheln, der es wohlig genoss. Er spürt die Zuneigung beider. Wohlig zittert seine Seele.

„Heinrich, wie alt bist du jetzt?"

„18."

Ihm wird eines klar. 12 Jahre sind ins Land gezogen. Zwölf Jahre, die er nicht registriert und wahrgenommen sondern nur geschlafen hat. Tief und fest und eben sehr, sehr lange. Das macht nichts. Er ist zwar immer noch auf einem Auge blind. Doch er fühlt sich kraftvoll und ausgeruht, bereit weiter zugehen. Diesmal mit Heinrich, für den er sich nun verantwortlich fühlt. Er ist neugierig und hofft, dass der Junge ihm erzählt, was in den letzten Jahren so passiert ist.

Heinrich sieht die Fragezeichen über dem Kopf des Wegwanderers schweben und beginnt, sie zu beantworten.

„Ja, viel Zeit ist vergangen. Vater verdient immer noch mit Scherenschleifen sein Geld und Mutter hütet das Haus und sorgt für Sauberkeit und Wärme. Doch der Landgraf, der stört mich. Und zwar von Tag zu Tag mehr. Rücksichtslos peitscht er seine Interessen durch. Ich hab da etwas vor. Interessiert es dich?"

„Ja natürlich."

„Ich hab´ schon mit Bero trainiert und ihn scharf gemacht. Sollte mich auch nur irgendjemand bedrohen oder versuchen anzufassen, geht er sofort auf die Kehle. Doch du brauchst keine Angst vor ihm zu haben. Er spürt mehr als wir Menschen und wem ich zugeneigt bin, dem ist er auch zugeneigt."

Der Wegwanderer legt seinen Kopf fragend ein wenig zur Seite und schaut dem Jungen in die Augen. Er spürt die versteckte Aggressivität. Er muss ihm zeigen, wie man sich gegen Ungerechtigkeit zur Wehr setzt. Sonst läuft er womöglich in sein Unglück und merkt es nicht einmal. Die Diktatoren dieser Welt wissen, dass unsichtbare Waffen auf ihre Macht gerichtet sind. Waffen, die sie fürchten und die sie schon im Vorfeld bekämpfen. Mit Geld, mit Spitzeln und mit anderen ihnen zur Verfügung stehenden Mitteln. Und zwar gnadenlos und über Leichen gehend. Das musste er verhindert. Und mit der Verhinderung musste er anfangen. Und zwar jetzt gleich und nicht irgendwann. Wenn der Landgraf beseitigt werden sollte, so musste das mit List und Tücke und nicht mit plumper Gewalt geschehen. Denn viele hatten es schon auf dem falschen Weg versucht und sind zu sinnlosen Märtyrern geworden. Märtyrer braucht die Welt nicht. Menschen, die sich für das Recht der Schwachen einsetzen, jedoch schon.

Er geht auf Heinrich zu, legt ihm die rechte Hand auf die Schulter.

„Komm, ich muss dir einiges erklären. Der Landgraf, dein erklärter Feind, ist hier der starke Mann. Er hat Männer unter Waffen in seinem Rücken. Er hat eine Burg, eine gefüllte Schatzkammer, immer gut zu essen. Doch er hat auch ein Verlies, in das er dich stecken kann. Willst du da rein`?"

„Nein, natürlich nicht."

„Und wie willst du das anstellen? Allein gegen ihn kämpfen. Mann gegen Mann. Dazu ist er zu feige. Er wird seine Raufbolde schicken. Da kann dir Bero bei fünf sechs Mann auch nicht helfen. Hast du verstanden?"

„Ja."

Ich beschloss, ihn nicht allein zulassen. Zu jung, zu unerfahren und, die größte Gefahr, zu wagemutig. Der Junge könnte in einer unbedachten Aktion sein Leben verlieren. Und das wollte ich auf keinen Fall. Ich beschloss, ihn an die Hand zu nehmen und ihm zu erklären: Was ist Widerstand? Das sollte mir gelingen. Der Junge bedeutete mir einfach zu viel als das ich ihn irgendwelchen Gefahren aussetzen könnte.

„Heinrich, du kommst mal bitte mit mir mit?"

„Einfach so."

„Einfach so."

Natürlich wusste ich schon, wo ich mit ihm hinwollte. Doch das sollte er selbst merken. Aus Erfahrung lernen schien ihm noch keiner beigebracht zu haben. Und die Menschen, die ihn umgaben, konnte er auch noch nicht richtig einschätzen.

Wir machten uns auf den Weg. Für mich sollte es der Weg zurück in mein altes Leben werden, für Heinrich ein Weg der Erkenntnis. Wortlos gingen wir durch den Wald, näherten uns dem Berg, von dem ich vor Jahren herabgestiegen war. Es sollte alles noch so sein wie damals, so hoffte ich. Der Hund schlich um unsere Beine. Mal lief er voran, mal hinter uns. Am Berghang setzte er sich ins Geröll und wartete.

„Wo willst du hin mit mir?"

„Ich will dir kurz eine andere Welt zeigen."

„Und du hast mir immer noch nicht deinen Namen verraten?"

„Gut. Du sollst ihn erfahren. Ich heiße Marvin."

Seine Neugierde war fürs erste gestillt. Wir machten uns an den Aufstieg. Wir krabbelten über Geröll und mussten aufpassen, nicht auszurutschen. Bero lief voran, war natürlich lange vor uns auf dem Berg, bellte kurz und wartete dort auf uns. Genau an der Stelle, wo ich mit Heinrich hinwollte. Am Abstieg in den Berg zurück in eine andere Zeit. Nach beschwerlichen vierzig Minuten waren wir oben. Wieder war ich Heinrich eine Erklärung schuldig.

„Heinrich, von da bin ich gekommen."

„Aus diesem Erdloch?" Fragte er ungläubig.

„Ja. Da heraus. Und jetzt will ich wieder zurück. In mein altes Leben. Ich will es dir kurz zeigen. Dann bring ich dich wieder an die Stelle, wo du dann selbst entscheiden kannst, wo du leben möchtest. Zurück zu deinen Eltern oder bei mir. Du hast die Wahl. Und die Entscheidung werde ich dir nicht abnehmen."

„In Ordnung."

„Bist du bereit?"

Sein zustimmendes Nicken erübrigt weitere Fragen. Ich will schon als Erster in das Erdloch steigen, da kommt doch noch etwas.

„Marvin. Was geschieht mit Bero?"

„Schick ihn nach Hause. Er kann nicht mit."

„Es fällt mir schwer."

„Es geht nicht anders. Vorläufig brauchst ihn nicht. Du wirst ihn wiedersehen in nicht allzu langer Zeit."

Schweren Herzens gibt Heinrich durch ein Flüstern in das Ohr des Hundes ihm die Anweisung, wieder nach Hause zu laufen.

Ich betrete die Strickleiter, gehe langsam abwärts. Und Heinrich folgt mir. Mein rechtes Auge, das bis jetzt noch die Welt erfasst hatte, ist froh ob der Schonung. Denn die nächste Zeit würde uns Dunkelheit umgeben. Nur die Streichhölzer und die Pergamentrolle sind die Dinge, an die ich mich festhalten kann. Langsam steigen wir hinab. Heinrich folgt mir voller Vertrauen und stellt keine Fragen mehr. Ich greife ab und zu hinter mir, um nicht den Querstollen zu verpassen, den wir erreichen mussten. Unser schweres Atmen erfüllt die Luft.

Zwanzig Minuten später sind wir an der entscheidenden Stelle angekommen. Ich steige zuerst in den Querstollen. Heinrich folgt mir. Wir durchwandern den Stollen und erreichen das innere der hohlen, alten Eiche, in deren Innenraum wir treten und ihn sofort verlassen. Mondlicht fällt auf den Wald. Heinrich weiß nicht, dass ich hier jeden Pfad kenne und jeden Baum, so er einen Namen hätte, rufen könnte. Wir gehen zur nächsten Bushaltestelle. Ich bitte Heinrich, solange keine Fragen zu stellen, bis wir bei mir zuhause angekommen sind. Wir erreichen mein Haus und betreten die Wohnung. Ich bitte Heinrich, in der Wohnstube Platz zu nehmen, während ich uns in der Küche etwas zu essen bereite. Ich stelle Getränke und Essen auf den Tisch, schalte den Fernseher an. Heinrich beginnt zu staunen, stellt jedoch noch keine Fragen.

Ich wähle aus der DVD-Sammlung einen Film aus den dreißiger Jahren des vergangenen Jahrhunderts. Heinrich soll einfach nur sehen, was passiert. Und es passiert viel. Er sieht marschierende Soldaten zu Tausenden. Er sieht Bomben fallen. Er sieht brennende Städte. Er sieht den politischen Führer dieser Zeit, der wild gestikulierend seine Reden schwingt, während ihm tausende Menschen lauthals ihre Treue bekunden. Sein Gesicht wird ernst, geradezu verbissen. Er sieht praktisch ihn knapp 60 Minuten den Kriegsverlauf. Menschen sterben, rennen brennend durch Straßen, sitzen fast verhungert am Straßenrand. Alles wirkt erschreckend auf ihn. Er sieht Leid und Tod, sieht Menschen sterben. Dann beschließe ich, dieser Sache ein Ende zu machen. Schlimmere Bilder braucht er nicht zu sehen, um zu begreifen. Er hat genug gesehen.

Ich beginne, ihm alles zu erklären: „Gegen Menschen dieses Schlages kannst du auch kämpfen. Sie waren damals in der

Überzahl und größenwahnsinnig. Ihr würdet sagen, sie waren vom Teufel besessen. Diese Wahnsinnigen wurden besiegt durch den geeinten Lebenswillen großer Völker. Die Welt danach war eine andere. Die Erinnerung wird wahrscheinlich auf ewig erhalten werden. Was sagt dir das?"

Er schluckt. Dann spricht er: „Ich verstehe. Wenn ich alleine dastehe, werde ich gebrochen durch Gewalt. Der Tod wird mich schneller ereilen, als ich denken kann. Nur die geballte Kraft der Masse kann solche Zerstörung, Mord und Tod verbreitende Menschengruppen besiegen. Ich glaube, ich habe verstanden, worum es geht."

„Gut. Du hast genug gesehen. Wir gehen wieder zurück."

„Können wir noch ein wenig reden? Wenigstens solange, bis die Sonne wieder aufgegangen ist."

„Ja, natürlich. Dann machen wir es so. Und Du kannst entscheiden, ob du hierbleiben oder zurück in deine Welt kehren willst. Überleg es dir genau."

„Ich brauche nicht zu überlegen. Ich kehre zurück. Doch du hast mir die Augen geöffnet. Wir können jetzt auch Stunden reden. Doch das Wichtigste haben mir die Bilder gesagt. Ich werde genau überlegen. Ich werde Menschen um mich versammeln. Gleichgesinnte, die den Landgraf auch aus der

Stadt jagen wollen. Wir werden uns Zeit lassen und klug statt voreilig vorgehen. Dann wird irgendwann der Sieg unser sein. Glaubst du das auch? Glaubst du, dass ich das kann?"

„Ja, Heinrich. Ich glaube an dich. Du bist beherzt und wagemutig. Wenn du immer die Geduld bewahrst, dein Ziel in kleinen Schritten unbeirrbar angehst, wirst du es schaffen."

„Gut, dann soll es genauso sein."

Wir sprachen noch eine ganze Weile. Dann begaben wir uns ins Reich der Träume. Am nächsten Morgen bereitete ich uns ein üppiges Frühstück. Dann machten wir uns wieder auf den Weg in den Wald. Wir erreichten den Baum. Ich sah Heinrich noch einmal in seine Augen.

„Bero wartet." Sagte er nur.

„Ich weiß. Gehe. Findest du allein den Weg zurück?"

„Ja."

„Ich wünsche dir viel Glück bei allem, was du tust."

„Danke, Marvin."

Das waren die letzten Worte, die ich aus dem Mund von Heinrich zu hören bekam. Er ging, ohne sich noch einmal umzudrehen, in den Baum.

In meiner Hand hielt ich das Pergament. Und in meiner Hosentasche war noch die halbvolle Streichholzschachtel. Ich drehte mich um, machte mich auf den Weg zurück in MEIN LEBEN.

Ich war zwar auf einem Auge blind. Doch ich hatte einen Sehenden hervorgebracht. Einen, der mit dem Herzen sieht. Und deswegen verehren die Menschen ihn heute noch.

Meine Lebensaufgabe ist erfüllt. Ich kann jetzt gehen. Ohne Schulterblick. Denn Heinrich würde mein Erbe weitertragen in dieser schönen Welt.

Das zumindest dachte und hoffte ich. Meine Wegwanderung sollte beendet und ich in mein altes Leben zurückgekehrt sein. Doch ich hatte mich zu früh gefreut.

Es war Abend geworden. Heinrich war sicherlich schon zu Hause.

Ich hoffte, dass er es gut mache, hatte Angst, dass ihm etwas passieren würde. Ich kannte nicht das Ende der Sage. Und es machte mich innerlich mürbe, es niemals in Erfahrung bringen zu können. Heinrich war für mich in diesem Moment verloren. Für immer. Tieftraurig setzte ich mich in meinen Sessel. Die CD spielte „Song oft the Caged Bird", intoniert von Lyndsey Sterling auf der Violine. Tief aus der Seele kroch die Traurigkeit an die Oberfläche, nahm mich nach und nach gefangen, legte mich in Fesseln, brachte einen Tränenfluss zum Laufen. Aus diesem Bach wurde ein Strom. Aus dem Strom wurde ein reißender. Er ergoss sich über den Felsenrand des Berges ins Meer und vergiftete es mit allem, was an schlechten Gefühlen sich irgendwie zusammen mischen konnte. Nichts konnte diesen Fluss aufhalten. Nichts. Doch ich musste diesen Strom aufhalten, wenn ich weiterleben wollte. Und das wollte ich unbedingt. Es gibt eben Dinge, die du nicht beeinflussen kannst, sprach meine innere Stimme. Lasse einfach los! Es klingt einfach. Drei Worte. Doch diese Aufforderung umsetzen zu können. Es gelang mir in diesem Moment einfach nicht. Ich weinte mich in den Schlaf. Denn Angst ist Liebe und Liebe ist Angst. Das hatte ich in diesem Moment für mich erkannt. So tief und innig wie noch niemals zuvor. Ich würde ertrinken in diesem Meer, wenn ich den Fluss nicht stoppte. Doch ich wusste auch, dass ich an mich glauben konnte und diesen Fluss stoppen würde. Morgen, doch nicht mehr heute. Ich kochte mir noch eine Tasse Lavendelblütentee und schleppte mich schweren Herzens in mein Bett und betete, dass der Schlaf kommen möge. Bitte, so schnell wie möglich. Nur das würde mich in diesem Moment retten. Nichts anderes. Nur das.

Am nächsten Morgen erwachte ich aus einem tiefen, traumlosen Schlaf. Die Sonne brach durch die Scheibe. Ihre Strahlen begannen an der Wand zu wandern. Der gestrige Tag tauchte auf. Meine Gedanken reflektierten das Geschehene. Und obwohl doch vieles sehr unwahrscheinlich erschien, ist es doch wahrgewesen. Das alles brachte mich schon etwas aus meinem Lebenskonzept. Doch warum? Es war wahrscheinlich notwendig gewesen. Ich wollte mich gerade noch einmal zur Seite drehen. Da klingelte es plötzlich. Ich stand auf, ging zur Tür und traute meinen Augen nicht. Heinrich stand da, an seiner Seite Bero.

„Komm herein! Du bist nicht zurückgegangen? Warum?"

„Es tauchten zu viele Fragen auf, als ich auf dem Weg nach Barnstorf und zu Bero war."

„Welche denn?"

„Lebst du alleine? Du hast dich um mich gekümmert wie sich noch nie jemand um mich gekümmert hat. Ich verstehe es nicht. Hast du eine Frau und vielleicht Kinder? Bevor du mir das nicht erklärt hast, kann ich nicht gehen."

Damit hatte ich nicht gerechnet. Gegenüber ihm jetzt auch noch Rechenschaft ablegen zu müssen über meine Vergangenheit, die ihn doch eigentlich nichts anging. Er hätte doch einfach zurückkehren und mich in Ruhe lassen können. Doch danach stand ihm nicht der Sinn, wahrscheinlich schon in dem Moment, als er im Baum verschwunden war. Vielleicht war er mir kurz danach auch einfach hinterher geschlichen, um mich zur Rede zu stellen. Egal, müßig, darüber zu spekulieren.

Ich bat ihn herein. Wir nahmen in der Küche Platz. Ich kochte uns Tee und begann zu reden. Zuerst wusste ich gar nicht, wo ich anfangen sollte. Doch dann wurde aus meinem Redefluss ein reißender Strom, der kein Ende zu finden schien. Ich erzählte ihm alles, sparte meine kleinen Geheimnisse aus. So, dass er einen Einblick in unsere, in meine Lebenszeit gewinnen konnte. Ich wusste auch nicht genau, was ihn interessiert und was vielleicht nicht. Er musste abwägen, was er für sich verwenden konnte. Das war nicht mein Part. Die über seinem Kopf schwebenden Fragezeichen nahmen mit der Zeit ab. Wurden immer weniger bis nur noch eines da war. Und diese Frage schien ihm schwer über die Lippen zu kommen.

„Na komm schon. Sprich es aus. Ich will es wissen."

„Bist du glücklich?"

Ich versank in ein tiefes längeres Schweigen. GLÜCK. Warum fragt er nach meinem Glück. Auch das war etwas, was ihn doch eigentlich nichts anging. Und trotzdem wollte er es wissen.

„Heinrich, ich kann dir nur sagen, worauf sich meine Glücksgefühle gründen. Für dich musst du es selber herausfinden. Uns trennen Jahre, Erfahrungen und Erlebnisse. Jeder Mensch geht SEINEN Weg. Im Rückblick kann ich sagen, dass ich wenig bereue. Sich immer fehlermachend zu sehen und Schuldgefühle zu erwecken, ist definitiv der falsche Weg. Mein Glück hat sich immer gegründet auf meine heile Familie, auf Freunde, auf Menschen, die auch in schwierigen Situationen zu jeder Tag- und Nachtzeit zu mir gehalten haben. Glück fußt nicht auf Besitz. Glück beruht auf tiefempfundenen ehrlichen Gefühlen Menschen gegenüber, denen man sich nahe fühlt. Reicht dir das als Antwort?"

„Ja. Das reicht. Ich mach mich wieder auf den Weg. Du brauchst mich nicht begleiten. Ich finde meinen Weg schon alleine. Lebewohl."

Ich hatte ihn entlassen aus meinem Leben, in eine andere Zeit, eine andere Welt. Auch in der Stille der Nacht macht sich zwar die Seele auf ihre Reise um die Welt. Doch sie beschützt auch und immer. Sie will nur Dein Gutes. Und bist du noch so verzweifelt. Gib dich niemals auf.

Sinnsucher

Deine Aufgabe ist es, deine Aufgabe zu finden und diese zu erfüllen.

Wenn die Gedanken abschweifen, ohne an Grenzen zu stoßen, dann streifen sie immer ganz bestimmte Schlagwörter. Ständige Selbstreflektion bedeutet jedoch nichts anderes, als sich in seinem Geiste gefangen zu fühlen und zeitweise den Schlüssel für die Öffnung der Ideen nach außen verloren zu haben. Dieser Weg kann und muss gefunden werden. Denn als Einzelindividuen sind wir nur die Summe unserer eigenen Gedanken, Gefühle und Erfahrungen. Jedoch, wenn wir den Geist nach außen lenken, schweifen lassen, Eindrücke aufnehmen, sie verarbeiten, spüren wir erst, wie reich uns all das machen kann. Das zeitweise Schweben in der eigenen Gedankenwelt kann befriedigend, aber nie ausreichend erfüllend sein. Das Puzzle Mensch muss sich auf den Weg machen und spüren, dass es Teil eines Großen und Ganzen ist. Dein Wirken ist wichtig auf dieser Welt. Es kostet Kraft, Barrieren bei Seite zu räumen. Aber diese Hindernisse sind oft nur scheinbar, nur gedanklich konstruiert. Man nennt sie

Selbstzweifel. Sie werden zu Hemmschuhen. Doch ihr Abstreifen führt uns weiter.

Wichtig ist es, eine klare Vorstellung von den eigenen Grenzen zu haben. Doch auch diese sind überwindbar, verschiebbar. Den Geist zu stärken, den Willen kraftvoll zu machen und dann handeln. Wenn diese Grenze überwunden wird, die selbstgesetzte, imaginäre, dann gilt es, SEINEN Weg zu finden. Wir sind ein Leben lang täglich den Eindrücken ausgesetzt, die unsere Umwelt und in erster Linie unsere Mitmenschen auf uns ausstrahlen. Jeder reflektiert ständig auf seine Art sein Spiegelbild von der Welt. Jeder sendet ständig im Wachzustand Signale und empfängt sie von seinen Mitmenschen. Der Berg der eigenen Wahrnehmungen, ihre Verarbeitung und die entsprechende Reaktion darauf. Das ist die Grundherausforderung, vor der wir täglich stehen. An jedem Morgen zeigt sich uns die Welt in anderer Form, weiterentwickelt, vielleicht etwas reifer, vielleicht etwas schöner. Doch oft bauen sich in unserem Geist ganz andere Bilder auf. Wir schüren Erwartungen, aus unseren Träumen und Wünschen geboren. Wir sehen selbst: Die Messlatte liegt zu hoch. Das sollte uns nicht demotivieren. Denn unser Leben ist auch ein ständiger Reifeprozess. Von der Geburt bis zum Tod wachsen wir im Geist, dem keine Grenzen gesetzt sind. Oft ist es schwierig, das Wesentliche zu erkennen und vom Überflüssigen zu trennen. Der eigene Wertekanon, den wir uns erarbeitet haben, kollidiert oft mit der Realität. Das Abgleichen der Ansprüche in uns und an uns ist Teil dieses Prozesses, dem wir uns täglich stellen. Oft sind da Stimmungen, die wir von außen wahrnehmen und die uns verunsichern. Bis sich ein Gefühl in der Masse zeigt, sammelt und zum Ausbruch kommt, kann oft viel Zeit vergehen. Im Gegensatz zum Spiegeln der Gefühle und Ansichten zwischen zwei Individuen, das oft in Bruchteilen von Sekunden vor sich geht, unterliegt das Sammeln der Gefühle und Stimmungen in der Masse einem gewissen, nichtausschaltbarem Zeitfaktor. Doch genauso wie der einzelne seine Stimmungen, die nichts anderes als ein Reflektieren der Umwelteinflüsse sind, nach außen trägt, um durch entsprechende Gegenreaktionen der Mitmenschen ihren Wahrheitsgehalt abzuklären, kann es auch die Masse. Es braucht einen Geist, der das erkennt und es braucht eine Stimme, die mutig genug ist, es auszusprechen. Denn das Wachsen eines negativen Gefühls in der Masse muss und kommt auch zur Sprache. Genau wie der Geist des Einzelnen durch das Nichtausleben von Missstimmungen erkranken kann, kann es auch der Geist der Masse.

Wir befinden uns im ersten Monat des Jahres 2015. Seit einigen Monaten gibt es unübersehbare Zeichen und Missstimmungen, die ausgesprochen werden. Menschen sammeln sich auf der Straße, um offen auszusprechen, dass gewisse Entwicklungen in Europa und speziell in Deutschland ihnen nicht gleichgültig sind. Wir sind momentan an einem Wendepunkt in der politischen Entwicklung in Europa. Der Widerstreit der Religionen hat einen Level erreicht, der nicht mehr nur dem Einzelnen sondern auch der Masse Unbehagen bereitet. Diese Entwicklungen werden nicht aufzuhalten sein. Die Menschen, die sich in Deutschland in Machtpositionen befinden, kommen nicht mehr daran vorbei. Sie können es sehen, sie können reagieren. Doch sie können diese Entwicklung nicht ignorieren. Dafür sind sie zu klein. Während es möglich ist, den Konflikt im kleinen Kreis durch gezielte Kommunikation und Deeskalation zu klären, gestaltet sich der Umgang mit der Masse ungleich schwieriger. (Diffamierung, Abschwächung, mit gewissen Makeln versehen, durch gezielte Presse abschwächen, den Willen der Masse brechen, durch Befördern von Uneinigkeit die Stimmung aufweichen und zerstreuen, in eine bestimmte politische Ecke stellen und mit der Farbe des Bösen bemalen).

Jetzt, im Juni 2017, erfüllt es mich auch nicht mit Zufriedenheit, wenn ich die Entwicklung der letzten zwei Jahre zusammengefasst betrachte. Heinrich Heine kommt mir in den Sinn. Denk ich an Deutschland in der Nacht, dann bin ich um den Schlaf gebracht. Ende 2014, Anfang 2015 war die Zeit, in der sich die Alternative für Deutschland als Partei zu etablieren begann. Am Montag, dem 12. Januar habe ich einen Marsch dieser Partei mitgemacht. Und es hat mich innerlich stark aufgewühlt und angesteckt, wieviel Unruhe, Wut und Gewaltpotential in der Masse, im Volk steckt. Leider verstrickt sich diese Partei immer mehr in innere Machtkämpfe. Die Ziele der Gründer werden immer mehr ausgeblendet und von Rassismus getragene Gedanken gewinnen in der Zielsetzung dieser Partei immer mehr die Oberhand. Doch eine Partei, die immer nur die Schwachpunkte in der Gesellschaft anspricht, jedoch keine brauchbaren Alternativen anbietet, macht sich mit der Zeit unglaubwürdig bei der Wählerschaft. Das Ansprechen von Fehlentwicklungen entbindet die Partei nicht von der Pflicht, echte Alternativen in die Waagschale zu werfen. Was nützt es, wenn immer wieder Berichte über Fehlentscheidungen, Falscheinschätzungen der politischen Lage kursieren, die gewisse aufgeweckte Zeitgenossen zum Widerspruch reizen. Die Bundesregierung lässt sich immer noch, und das schon seit Jahrzehnten, zum Vasallen der

Alliierten machen. Die in der Presse falsch propagierte politische Situation dient nur zur Durchsetzung der Interessen der Finanzoligarchie dieses Planeten. Bestimmte Völker sollen niedergehalten und ausgepresst werden. Eine schleichende Versklavung der eigenen Bürger wird mit einer perfiden Verschleierungstaktik durchgesetzt. Das erwirtschaftete Volksvermögen wird nicht zum Wohle desselben eingesetzt sondern wird immer noch verwendet, um sich von einer vermeintlich existierenden moralischen Schuld, die Deutschland seit dem Ende des zweiten Weltkrieges aufgebürdet wird, freizukaufen. Die Bundesregierung beugt sich einer moralischen Erpressung der Großmächte, um ihre eigene Machtposition und ihre Daseinsberechtigung zu sichern. Der Syrienkonflikt ist nichts anderes als ein von den USA absichtlich inszeniertes Schmierentheater. Es geht um die Destabilisierung und Auflösung der dort herrschenden politischen Verhältnisse. Ein Marionettenregime, das den geo- und wirtschaftspolitischen Interessen der USA dient, soll installiert werden. Die vorhandenen Bodenschätze sollen ausgebeutet, das syrische Volk getötet und versklavt werden. Wer bei klarem Verstand ist, kann erkennen, dass diese Entwicklung, wenn keiner ihr Einhalt gebietet und alle nur stillschweigend hinschauen, jedoch nichts tun, zu einer allmählichen Auflösung der europäischen Einheit führen wird.

Der Brexit ist nur der erste jedoch bestimmt nicht der letzte Schritt in diese Richtung. Die Visionen bestimmter Politiker erweisen sich letztendlich als langfristig nicht tragbar. Sie fußen auf einer auf Dauer nicht vermittelbaren moralischen und ethischen Basis. Die fortschreitende Globalisierung beraubt vieler Menschen ihrer nationalen Identität, die sie suchen. Bestimmte Kreise glauben ihnen versagen zu können, diese zu finden. Mit der Zeit wird sich diese Entwicklung in schwelenden regionalen Konflikten äußern. Der Glaube an das Gute und die Durchsetzung von Menschlichkeit sind sicherlich hehre Maßstäbe. Jedoch ihnen die höchste Priorität einzuräumen, zeugt von einem hohen Maß an Naivität. Der Wille eines Volkes lässt sich über einen gewissen Zeitraum manipulieren und den Interessen von raffgierigen Eliten unterordnen. Ein dauerhaftes Ignorieren der Interessen von bestimmten Kreisen der Gesellschaft wird jedoch dazu führen, dass sich von unten her ein Gegendruck aufbaut, der irgendwann zum Ausbruch kommt. Derjenige, der knechtet, muss damit rechnen, eines Tages vom Thron gestoßen zu werden. Eines Tages werden sich die gesellschaftlichen Fehlentwicklungen nicht mehr mit beschwichtigenden Debatten, beruhigenden Zeitungsartikeln oder die Zustände anprangernden Filmen steuern lassen. Der sich zusehends etablierende Widerstreit der Interessen bestimmter

Bevölkerungsgruppen wird eines Tages nach einer Initialzündung suchen und sie auch finden. Gesellschaftliche Entwicklungen lassen sich nicht durchsetzen durch Willensbekundungen. Beschwichtigungen werden eines Tages nicht mehr gehört werden wollen. Es wird zu Aktionen kommen, die keinem gefallen. Bestimmte Menschengruppen werden den Unfrieden in der Gesellschaft befördern. Mit dann offen ausbrechenden Konflikten, die zu Gewalt im kleinen wie auch im großen Rahmen führen können, ist der gesellschaftliche Frieden in Gefahr. Wann beginnen wir endlich damit, die Interessen aller unserer Gesellschaft angehörenden Individuen zu berücksichtigen? Oder ist auch das wiederum nur eine Traumvorstellung? Wie lange wollen wir noch paralysiert zuschauen, wie das Boot, in dem wir alle sitzen, von denen, die das Steuer in der Hand halten, auf einen Felsen zugesteuert wird, der es in tausende Stücke bricht? In den Rettungsbooten wird nicht jeder Platz finden. Die einen werden ertrinken. Die anderen werden sich hämisch die Hände reiben über die Dummheit ihrer Galeerensklaven. Sie werden aus goldenen Bechern trinken, sich ihres Lebens freuen. Ihr an den Mammon verkauftes Gewissen wird ihnen jedenfalls nicht im Weg stehen. Und das ist der Knackpunkt, der die Welt nicht zur Ruhe kommen lässt. Die Gier nach Macht und Geld erzeugt fehlgeleitete skrupellose Individuen, bei denen jeder Appell nach Gerechtigkeit ungehört verhallt. Nur das Aufdecken und Verbreiten der wahren Interessen der die gesellschaftliche Entwicklung maßgeblich bestimmenden Kreise kann zu einem tieferen Verständnis führen. In dem die Wahrheit offen und ohne Angst und befürchtete Repressalien ausgesprochen wird, wird sie sich Bahn brechen. Im richtigen Moment die richtigen Worte finden und sich gegen verbales Niederdrücken wehren, erzeugt ein Erfahren der eigenen Stärke. Es müssen nicht immer die großen Sinnfragen sein, auf die wir in oft vergeblichem Nachdenken Antworten suchen. Manchmal reicht es aus, im passenden Moment das richtige zu tun und auszusprechen. Selbstbewusst. Zukunftsweisend. Optimistisch.

BarCelona

Mit mulmigen Gefühl stieg ich am 1. September morgens um 7.48 h in den Zug nach Bad Kleinen. Der Schuss vor den Bug am 6. August hatte mich gezwungen, diese Reise anzutreten, sofern ich noch etwas von meinem Leben haben wollte. Und ich wollte noch was vom Leben haben. Den blauen Koffer im Schlepptau und den schweren Rucksack, der eher einem Bundeswehrrekruten als mir stand, drängelte ich mich in Zug, in der vagen Hoffnung, in Bad Kleinen auch den Zug nach Lübeck zu schaffen. Ich wollte zum Timmendorfer Strand zur Reha. Ich hatte am 6. August meinem verstorbenen Vater tief in die Augen geschaut. Der hatte mich jedoch noch nicht durch die Himmelspforte gelassen und mich in seiner unmissverständlichen, keinen Widerspruch duldenden Art zurückgeschickt auf die Erde. Sieh zu, dass du wieder runterkommst. Sofort! Er drehte sich um, ging wieder zurück durch das Himmelstor in seine Welt. Ich hörte noch, wie er vorsichtshalber von innen einen Riegel vorlegte. Er wollte mir keine Chance geben, zu ihm zu gelangen. Mit tränenden Augen, zornig und wütend, ging ich zurück. Und als ich unten war, hatte die Erde einen seltsamen Schimmer bekommen. Alles kam und kommt mir noch heute verändert vor. Ich spürte eine starke Sehnsucht danach, ein intensives jedoch auch langes und erfülltes Leben zu führen. Ich spürte Kräfte in mir, die ich noch 4 Wochen vorher gar nicht vermutet hätte, sie entwickeln zu können. Ich nahm diese Aufgabe, die noch auf mich wartete, an. Alles schien in einem anderen Licht. Hinter mir lag eine Woche im Südstadtklinikum Rostock, vor mir noch der ganze August. Ich suchte nur wenige Tage später meine Hausärztin auf. Sie zeigte volles Verständnis und zog mich bis zum Beginn der Reha in Timmendorfer Strand für den gesamten Monat aus dem Publikumsverkehr. Ich genoss die Tage und freute mich schon irgendwie auf die Klinik am Timmendorfer Strand in Schleswig-Holstein in der Nähe von Lübeck. Während der August verging, traf ich meine Vorbereitungen. Ich packte in Gedanken den Koffer, legte mir dann besagten Rucksack zu und erneuerte meine Patientenverfügung, meine Vorsorgevollmacht, erledigte den ganzen Papierkrieg. Zum Schluss spazierte ich Ende des Monats zum Hauptbahnhof, kaufte mir eine Fahrkarte und begann dann schon, die Stunden zu zählen. Es kam der 1. September. Mit der Straßenbahn und vollem Gepäck ging es zum Bahnhof. Ich stieg in den Zug. Das Handy war aufgeladen. Ich war mir ziemlich sicher, gut vorbereitet zu sein. Die Umstiege in Bad Kleinen und Lübeck liefen reibungslos. Erwartungsvoll stieg ich in Timmendorfer Strand aus dem Zug.

231

Ich sollte abgeholt werden. Das erste, was mir dort auffiel, war ein an einer Straßenlaterne befestigtes Pappschild. „Stars on the beach" am 8./9./10. September in der Strandarena. Davon schoss ich gleich mein erstes Foto mit dem Smartphone. Ich wartete ein paar Minuten. Dann ging ich zu einem Taxifahrer und erkundigte mich nach dem Fahrzeug der Klinik. Anschließend rief ich dort an, bat darum, mir das Fahrzeug zu schicken, da ich erstens mit schwerem Gepäck dastand und zweitens den Weg nicht kannte. Alles klappte gut. Eine Viertelstunde später kam ein grauer Transporter. Der Fahrer ließ mich einsteigen, packte mein Gepäck ins Fahrzeug. Es ging los. Wir fuhren die Bergstraße hinunter. Links nahm ich einen schöngestalteten Park wahr. Letztendlich standen wir dann vor der Klinik. Vor dem Eingangsbereich lag ein Springbrunnen. Eine von einem Bildhauer gestaltete Frau aus Stein, bekleidet mit einem kurzen Rock, streckte mir wie zur Einladung ihren Hintern entgegen. Sie ist wohl schon seit längerer Zeit dabei, einen Schluck Wasser aus dem Brunnen zu trinken, hat es aber bisher noch nicht geschafft. Neben ihr in etwa zwei Metern Entfernung wedelte ein steinerner Hund mit seinem Schwanz. Nein, er wedelte nicht. Er war ja auch versteinert. Ich ging durch die durch einen Taster geöffnete Tür und trat an die Rezeption, wurde freundlich begrüßt und bekam meine ersten Anweisungen. Ich möge mich doch bitte bei der Anmeldung

232

melden. Das Gepäck könnte ich solange bei der Empfangsdame stehen lassen. Bei der Anmeldung in einer Sitzecke vor einer großen Briefkastenwand saß mir dann ein Mann gegenüber, kräftig gebaut und etwas unnahbar. Doch das war im Moment noch nicht von Bedeutung. Ich musste die Anmeldung hinter mich bringen, wartete also auf meinen Aufruf. Die Anmeldung selber verlief wiederum völlig unkompliziert. Ich bekam meinen Zimmerschlüssel ausgehändigt, meldete anschließend an der Rezeption Telefon und Fernsehen an und verzichtete auf WLAN. Das würde ich hier nicht brauchen an diesem schönen Ort mit zwei Seebrücken, zwei Maritimhotels, dem Grandhotel „Seeschlößchen", dem italienischen Restaurant „Wolkenlos", dass ein HSV-Manager mit drei weißen im buddhistischen Stil und nach Feng Shui Regeln ausgestatteten Häusern diesem hübschen Örtchen spendiert hatte, um seinen Ruf noch mehr aufzuwerten. Auf dem Zimmer angekommen, räumte ich den Schrank ein, inspizierte das Bad und begab mich auf einen ersten Spaziergang in den Ort. Es herrschte eine ausgelassene Stimmung am Strand in der dortigen Arena. Die Deutschen Meisterschaften im Beachvolleyball waren in vollem Gange. So was von geil. Am Sonnabend trugen die Damen ihre Titelkämpfe aus. Am Sonntag dann die Herren. Doch während die Herren doch von Arroganz gezeichnet auftraten, waren die

Damen, obwohl jung an Jahren und von Anmut und Grazie gezeichnet, wohlwollender. Völlig unerwartet geriet ich am Sonnabendabend so gegen 18 Uhr in eine Autogrammstunde. Es erfüllte mich mit einem Gefühl von Glückseligkeit, als ich die Autogramme der Bronzemedaillengewinner und der Gewinner des Titels auf meinem Basecup vereinigen konnte. Ein Sport, im Aufwind begriffen, hatte mich das ganze erste Wochenende in Timmendorf fasziniert. Die Bronzemedaillengewinnerinnen hatte ich auf der Oberseite des Basecups unterschreiben lassen. Die Deutschen Meister wollte ich schützen. Sie unterschrieben auf der Unterseite, vor Regen geschützt. Dieses Basecup verwahre ich heute wie eine Relique.

Doch der Tagesablauf der Curschmannklinik sollte auch mich in Griff bekommen. Am Montag begann das Programm. Wir waren wie eingeschnürt in ein festes Programm. Am schönsten war der Morgenkaffee mit Christof und Waldemar. Um acht war immer die Strandgymnastik mit Sven. Er hat uns mächtig gescheucht. Aber es hat genützt. Und er hat uns auch immer unsere Grenzen aufgezeigt. Die Stunden zwischen acht und sechszehn Uhr waren durchgeplant wie in einem Trainingslager. Den Rest des Tages, also die Zeit vor Acht und nach sechszehn Uhr hatten wir für uns. Ich habe die Zeit sowohl während des Programms als auch danach und davor genossen. Die ersten Tage brauchte ich, um mir eine Selbstorganisation zu erarbeiten. Es sollten am Ende 28 Tage sein, die ich dort verbringe. Zum anderen war ich von den neuen Eindrücken oft so stark beeindruckt, dass ich mich stundenweise auf das Zimmer oder an den Strand, auf die Seebrücke oder wo auch immer hin zurückzog, um sie zu verarbeiten. Mit der Zeit setzte ein Gewöhnungsprozess ein. Ich stand immer sehr früh auf. Mein erster Weg führte mich an den Strand. Ich genoss die morgendliche Ruhe, das Alleinsein mit mir. Die Wellen liefen an den Strand. Die Möwen erwachten. Ich machte meine QuiGong-Übungen, fühlte mich im Einklang mit der Welt. Vereinzelt spazierte jemand auf die Seebrücke. Und es gab sogar Tage, da hatte ich sie morgens für mich alleine. Niemand drängelte mir ein Gespräch auf. Ich war für die Natur da und die Natur für mich. Was gibt es Schöneres.

Der Rahmen für den Tagesablauf war durch die Mahlzeiten gesetzt. Da wussten wir alle, wir sehen uns im Speisesaal. Wir können Gedanken miteinander austauschen, von unseren Schwierigkeiten jedoch auch von unseren schönen Erlebnissen erzählen. Ich habe in Timmendorf sehr kluge, sehr wertvolle Menschen kennengelernt. Dort geknüpfte Freundschaften pflege ich noch heute. Sie bescheren mir in meinem Leben einen großen Erkenntnisgewinn, auf den ich nicht mehr verzichten möchte. Es setzt, wenn man an die Himmelstür geklopft hat, auch ein Umdenkprozess ein, der dann in entsprechende Handlungen münden sollte. Und ich wusste, ich durfte in den ersten Tagen nicht zu viel erwarten. Ich musste meine Grenzen neu ausloten, sie erkennen und akzeptieren lernen.

Die Ärzte suchten uns auf den Zimmern auf, wenn sie uns etwas mitzuteilen hatten. Ansonsten wurden morgens die Vitalfunktionen gemessen. Dann ging es um acht Uhr bei gutem Wetter an den Strand, bei Schiedwetter in die Turnhalle. Die Physiotherapeuten, die sich in dieser Zeit um uns kümmerten und den Puls hochtrieben, waren immer sehr engagiert und mit Spaß bei der Sache. Sie achteten auf eine gute Gruppendynamik, verloren jedoch auch den Einzelnen nicht aus dem Auge und zeigten ihm, wenn nötig, seine Grenzen auf. So kam ich morgens immer sehr gut in Schwung. Anschließend war Frühstück angesagt mit Waldemar, mit Christof, Michael, Tom, Thomas, Gerlinde, Astrid, Ralph usw. Ich habe diese Gespräche bei den Mahlzeiten geliebt. Und ich denke, den anderen ist es ähnlich oder genauso gegangen. Ich konnte meine Eindrücke, meine Empfindungen, meine Stimmungen verarbeiten und musste mich nicht alleine damit herumplagen. Denn nach den Mahlzeiten stieg jeder immer wieder in sein persönliches Programm ein, je nachdem wie ernst er die ganze Sache hier nahm.

In der ersten Woche lernte ich Tom und Ralph kennen. Sie suchten einen dritten Mann zum Skat spielen. Ich war bereit. Also gingen wir abends ins Cafe Engels zum Skat spielen. Das wir dort wie Exoten behandelt wurden, war uns egal. Wir hatten unseren Spaß. Und die Kommentare der anderen Männer, die um unseren Tisch herumschlichen, störten uns mit der Zeit immer weniger. Ich begann schon in den ersten Tagen, Timmendorf mit jeder Phase meines Körpers und meines Geistes zu genießen und fühlte instinktiv, diese Zeit würde sich anschließend in irgendeiner Form prägend auf mein ganzes weiteres Leben auswirken. Allerdings machte ich auch einen großen Fehler, der mir noch sehr zu schaffen machen sollte. Ich kaufte mir bereits in den ersten Tagen eine Schachtel Zigaretten. Und es sollte nicht bei dieser einen Schachtel bleiben. Es dauerte nicht lange und ich war wieder richtig drin in dieser Sucht und sollte Monate brauchen, um wieder von ihr loszukommen. Ich war auch dem Alkohol nicht abgeneigt. Obwohl ich wusste, dass mir beides in emotionalen Krisensituationen nicht richtig helfen würde, tat ich es trotzdem. Oft heimlich und mit schlechtem Gewissen schlich

ich mich dann abends aufs Zimmer, um zur Ruhe zu kommen und den Tag zu beenden.

Das zweite Wochenende waren dann die Stars on the Beach angesagt. Die Arena am Strand, sie hatte die Deutschen Meisterschaften im Beachvolleyball hinter sich, wartete nun auf drei Konzerte. Am Freitag sollte Dieter Thomas Kuhn auftreten, am Sonnabend Sido und am Sonntag Andreas Bourani. Und ich? Ich wollte natürlich dabei sein. Zum anderen hatte Petra auch die Absicht, mich zu besuchen. Der Kartenpreis für den Kuhn betrug 38 Euro. Widerwillig entschied ich mich dagegen, eine Karte zu kaufen. Doch es sollte ganz anders kommen. An diesem Freitag regnete es Bindfäden. Doch Timmendorf füllte sich im Laufe des Nachmittags, wie immer am Wochenende. Dieser Ort war und ist das gewöhnt. Ich spazierte am späten Nachmittag in Richtung Strandarena. Mit einem Mal tauchten drei Männer in schwarz auf. Sie gingen an mir vorbei. Und wer folgte ihnen: Dieter Thomas Kuhn. Ich erkannte ihn sofort, ging auf ihn zu, gab ihm die Hand. Wir unterhielten uns kurz. Dann war dieser Moment vorbei. Jetzt war natürlich alles klar. Ich wollte irgendwie zum Konzert. So gegen sechs spazierte ich die Promenade entlang in Richtung Gosch. Menschen, lustig gekleidet und guter Stimmung sowie in Trinklaune trieben sich dort herum. Ich fragte eine Gruppe junger Männer, ob ich ein

Foto machen könnte. Sie bejahten es. Dann trat einer an mich heran: Du, wenn du uns hier vier Bier spendierst, schenken wir dir eine Karte. Die Sache war für mich gebongt. Ich stellte mich an. Was geschah, als ich dran war. Das Bierfass war leer. Gut, dass müsste mich nicht interessieren. Doch ich fühlte mich in der Schuld. Ich kaufte mir erstmal ein Glas Cola, stellte mich zu den Männern und wir unterhielten uns. Während die anderen ihr Bier langsam austranken, nippte ich an meiner Cola. Dann begann einer von ihnen zu drängeln. Die Uhr ging auf halb acht zu. Ich ging mit ihm los in Richtung Strandarena. Die vereinzelten Kartenkäufer, die noch Eintrittskarten wie Sauerbier anboten, konnten wir ignorieren. Wir näherten uns der Arena, gingen von links den Weg hinunter zum Strand, um durch die Sicherheitskontrolle in die Arena zu gelangen. Es wurden noch Regencapes und Schokoriegel verteilt. Es waren trotz des Regens nur gutgelaunte Menschen um uns herum. Die Stimmung war einmalig. Und ich wollte natürlich meine Schuld begleichen. Während mein Compagnon mit seiner St.-Pauli-Luftgitarre die Stellung hielt, holte ich zwei Bier. Wir stießen an. Zehn Minuten später begann ein geiler Abend, den ich heute noch gerne an Hand von Fotos und Videos Revue passieren lasse. Es war so viel positive Stimmung in der Luft. Die Menschen waren einander zugetan. Keiner war auf Streit aus. Alle genossen die Schlager der 70er und lebten nur für den Moment. So schön, so geil, so belebend. Einfach wunderbar!!! Mit klitschnasser Jacke, doch glücklich ging ich anschließend, den Plastebecher mit Dieter Thomas Kuhn darauf in der Hand, in die Klinik auf mein Zimmer und schlief etwas angetütert doch innerlich sehr zufrieden und ausgeglichen, ein.

Den Sonnabend und Sonntag sollten mehrere Höhepunkte bestimmen, die hier überhaupt nicht abzureißen schienen. Das Wichtigste war natürlich, Petra vom Bahnhof abzuholen. Ich freute mich riesig auf sie. Die Sehnsucht nach ihr hatte mir dort oft zu schaffen gemacht und die Tränen in die Augen getrieben, die ich oft unkontrolliert einfach laufen ließ, wenn ich alleine war. Morgens hatte ich noch Zeit und begann, die Traumautomeile zu besichtigen. Obwohl ich keinen Führerschein besitze, genoss ich es, mal am Lenkrad eines Porsche zu sitzen. Ich versuchte nachzuempfinden, was es vielen Männern gab, sich in diese schnellen Autos zu setzen und loszurasen. Doch ich konnte es nicht. Es gab und gibt mir nichts. Danach spazierte ich zum Bahnhof, um meinen Schatz zu begrüßen und freute mich schon auf die Stunden, die wir miteinander verbringen würden. Den Gedanken an den Abschied einen Tag später blendete ich, so gut es ging, aus.

Das Leben im Jetzt ist es oft, was wir anstreben und dass uns doch in manche Stolperfalle laufen lässt.

Der Zug lief ein. Die Türen öffneten sich und mein Blick wanderte unruhig den Zug entlang. Dann sah ich sie endlich. Wenn ich gekonnt hätte, wäre ich zu ihr geflogen. Ich ging so schnell wie möglich auf sie zu, nahm sie ihn den Arm und küsste sie. Mein Geist begann schon unbewusst, wieder die Stunden bis zu ihrer Abreise zu zählen. Ich gebot ihm Halt. Wir gingen langsam vom Bahnhof herunter, machten uns linksseitig vom Bahnhof auf den Weg in Richtung Zentrum Timmendorfer Strand. Die Bergstraße hinab, den schönen Park linksliegen lassend, näherten wir uns dem Zentrum, gingen am Alten Rathaus vorbei, um dann bei der Curschmannklinik zu landen. Ich meldete uns an. Anschließend gingen wir auf das Zimmer, um uns frisch zu machen und den Tag zu planen.

Das Wetter war nicht besonders am 1.Wochenende. Doch ich wusste eines. Mein Schatz würde sich trotzdem nicht dem Flair von Timmendorf entziehen können. Am späten Vormittag gingen wir gemeinsam zum QuiGong. Anschließend gab es Mittag essen. Den Nachmittag nutzten wir für einen langen Strandspaziergang in Richtung Scharbeutz. Und abends ging es dann essen. In mir erwachten neuartige, tiefere Gefühle gegenüber meinem Schatz. Je länger ich in Timmendorf war, umso mehr vermisste ich sie und umso tiefer empfand ich die Bindung ihr gegenüber. Die Liebe ist das Band, das uns ins Leben zieht und uns am Leben hält. Sie ist wie ein großer See, in dem wir alle baden wollen und aus dem wir nie mehr hinaus wollen. Wir sollten nie aufhören, nach ihr zu suchen. Und wenn wir sie gefunden haben, sie möglichst nie mehr loslassen. Denn nur auf diese Art gewinnen und erhalten wir die Kraft, die wir brauchen, um unseren Weg durch das Leben und bis zu Ende zu gehen.

Sehnsucht nach Madeleine

Sie hat schon wieder keine Nachricht gesendet. Fast täglich schaue ich jetzt schon nach einem virtuellen Kuss von Madeleine. Doch sie traut sich einfach nicht. Langsam, und das ist das gefährliche, beginne ich, Gefühle für sie zu entwickeln. Es läuft prächtig. Doch die virtuellen Frauen sogar mit Foto reizen auch. Doch sie scheinen mehr zu spielen, lange zu suchen und nichts zu finden. Oder sie sind einfach nur auf einen schnellen .... aus. Kann ja sein. Oder?

Es scheint auch welche zu geben, die echt nach einer Beziehung suchen. Dahinter steckt oft eine Enttäuschung. Es gibt ja auch Männer, die sind echt Schweine. Die baggern solange, bis es geklappt hat und gehen dann wieder woanders Kaffee trinken oder ins Kino. Je jünger die Frauen umso von so größerer Wichtigkeit scheint der Sex zu sein. Oder sie suchen einfach nur einen Sugardaddy. Einen mit Geld. Da machen sie auch gerne mal alles mit. Nicht zu oft aber ab und zu. So, dass er seinen Spaß hat und sein Geld locker macht. Darauf läuft es meistens hinaus. Die älteren suchen dann schon etwas Beständigeres. Hoffe ich.

Am Dienstag fand ich die Nachricht von Anne. 178 cm, blond, höherer Schulabschluss.

Sie machte keine Angaben zum Beziehungsstatus. Doch ihrem Text entnahm ich irgendwie, dass sie enttäuscht sein musste von der Männerwelt. Vom Sternzeichen ist sie Stier, wohnt in derselben Stadt, sucht einen Mann für Affäre, Fetisch, Flirt, Seitensprung, One-Night-Stand, Beziehung oder einfach nur Voyeurismus. Über sich schreibt sie: Hi ich bin die Anne, bin schwanger, suche hier halt einen Mann der Lust auf einen netten Abend oder mehr hat, suche keine feste Bindung, da ich erstmal nur auf das Schöne aus bin. Leider bin ich sitzengelassen worden, und will mich nur mal austoben und mich wieder als Frau fühlen. Wer wie? Vielleicht entsteht ja doch bei Sympathie mehr als man erwartet hat, aber dazu musst du/ihr mir mal schreiben oder? Ich hoffe auf eine Menge nette Post und bitte nur ernstgemeinte Zuschriften, der Rest landet im Müll. Kiss P.S. Ich stehe total auf ...., bei Gefallen auch .. liebe Sex an ausgefallenen Orten ...bin tabulos.

Das gibt mir jetzt zu denken.

Ich begrüßte sie und wartete ein paar Tage. Da kam dann folgende Antwort: So eine sexy, heiße Frau braucht einen tollen Mann. Bist Du ständig geil? Hast Du wilde Fantasien? Magst Du meine sexy Figur bewundern?! Ich warte und bin sehr gespannt. ;-) P.S. Ich zeige mich gerne in Unterwäsche. Also warte nicht länger!

Und so entwickelte sich über die nächsten Tage folgender Dialog:

Mein Charakter ist schon beeindruckend genug. Natürlich würde ich mich hübsch machen, etwas anziehen, was sexy ist, aber das gehört doch schon zum guten Ton und ist für mich selbstverständlich. Folgende drei Dinge würde sie auf einsame Insel mitnehmen. Eine einsame Insel? Nein danke. Ich bin lieber unter einer Menge Menschen und habe viel Spaß. Da gibt es viel mehr zu erleben als wenn man einsam auf solch einer Insel dahinsiecht ;)

Damit setzte sie die Triggerpunkte für vieles. So was lässt manchen Mann auch nicht zur Ruhe kommen.

Naja, ich hoffe, du bist es noch, wenn du die Nachricht bekommst. Dachte, du freust dich, wenn dir jemand schreibt und du hier nicht so allein bist. Finde es echt spannend hier, wer sich warum hier so rumtreibt. Erzählst du mir von deiner Intention? Also ich möchte hauptsächlich neue Leute kennenlernen!   Viele Grüße

Hallo, glaubst du, du weißt wo man Frauen anfassen muss, damit sie richtig abgehen? Dann beweis es mir mal ;) Ich weiß mich auch zu revanchieren... Am liebsten sofort! Ein wenig mehr Action bitte!! ..Jungs unter 30 suchen sich bitte ein anderes Spielzeug, ich mag erfahrene Männer, ... und keine Raucher!!!! Ich suche da einen charmanten und einfühlsamen Mann, oder ein Paar, dass sich mit mir der unendlichen Lust hingeben möchte.. Gern an ungewöhnlichen Orten, zu ungewöhnlicher Zeit .. Haut in die Tasten und denkt an die Rechtschreibung, denn wer das nicht kann, ist auch bei mir nicht auf Augenhöhe! Was habt ihr vor? Welche Fantasien habt ihr? Ciao Ciao

Du bist online und meldest dich nicht bei mir? Frechheit! Nein, kleiner Scherz. Wir kennen uns ja gar nicht. Aber das würde ich nur liebend gerne ändern. Trotz Entfernung. Denn da gibt es ja bekanntermaßen Alternativen

Na was wohl! mal wieder ORDENTLICHEN Beischlaf vollziehen! Leider guckt man den Männern ja hier auch nur vor den Kopf, deswegen probieren geht über studieren! Und dich würde ich jetzt gerne mal ausprobieren, Bist du dabei?

Ich komme zwar aus .... ich finde aber, wir können uns dennoch jetzt mit einander vergnügen ;-) Oder hast du Einwände?

Hallöchen! Warum müssen eigentlich die heißesten typen immer so weit weg von mir wohnen? Kann doch echt nicht sein.. Aber gut, dann muss ich halt zu ihnen kommen: DDD wie schaut es bei dir mal demnächst mit einem Treffen aus? Viele Grüße

Wollen wir es mal versuchen? Was ich suche ist Spaß, wie du mir dabei helfen kannst? Sei mein Versuchskaninchen und wir schauen, wohin uns der Nervenkitzle treibt. Lust?

Ok, zugegeben, ich kann dir grade nur Camsex anbieten. Aber wenn dann so richtig ;) Ich bin quasi ein Naturtalent^^ Willst du mal testen? Geile Grüße nach ………. Sagt eigentlich schon alles^^ Du auch? Wollen wir mal was gegen die Geilheit tun? Tag, habe gerade gesehen, dass Du online bist. Bist Du auch noch auf der Suche? Hätte nämlich Interesse, Dich kennenzulernen, kannst Dich ja mal melden wenn Du Lust hast, bin noch ein paar Minuten online.   MfG

Hast Du Lust auf heisse Unterhaltungen? Schau Dir meine sexy Kurven an... Ich bin gespannt auf Dich. :) Ich bin immer bereit, dich in Schwung zu bringen :))) Meine heißen Fantasien werden deinen Freund steif machen und du wirst nie genug von mir haben; P

Dieses Spiel ging drei Monate. Dann habe ich aufgeben. Es war Spielerei, Kinderkram, infantiles Getue, die Suche nach

Etwas, das es nicht gibt. Unsere Sehnsucht treibt in uns manchmal ein seltsames Spiel. Wir können es einfach nicht nachvollziehen und begreifen schon gar nicht.

Nachwort

Es ist wie ein Tanz auf dem Vulkan. Doch eines Tages werden viele, vielleicht alle Menschen merken, dass Geld nur bedrucktes Papier ist.

Marvin, der Wegwanderer, steht sinnbildlich für alle die Menschen, die sich mit den gegenwärtigen Verhältnissen nicht mehr abfinden möchten. Gewisse Menschen, die sich in Positionen befinden, die ihnen eine gewisse Flexibilität in Bezug auf ihre Entscheidungen einräumt, haben dieses Land in eine Richtung gelenkt, die viele nicht mehr gutheißen können. Sei es ihrer Kurzsichtigkeit, sei es ihrem Egoismus, sei es ihrem Denken geschuldet, das sich nur auf gewisse Bereiche jedoch nicht global ausrichten kann, wer weiß das schon. Sie bürden diesem Land eine Last auf, die es nicht zu tragen bereit ist. Sie zwingen den ihnen scheinbar Untergebenen Entscheidungen auf, die diese nicht mehr bereit sind zu akzeptieren. Und sie werden eines nicht mehr so fernen Tages an den Konsequenzen ersticken, die sie im Begriff sind hervorzurufen.

Abschließen möchte ich mit einer alten Indianerweisheit. Stämme, die von Europäern ausgerottet, geknechtet, mit Krankheit infiziert wurden. In Reservaten wurde ihnen der

Zugang zu den natürlichen Ressourcen bewusst und gewollt verweigert. Sie haben einen großen Sieg errungen in der Indianerschlacht am Little Big Horn, in der General Custer kläglich versagte und nicht daran glaubte, wie stark ein Volk werden kann, wenn man den Versuch unternimmt, ihm die Seele zu rauben.

Erst wenn der letzte Baum verblüht ist, der letzte Vogel am Himmel verschwunden ist, der letzte Büffel erschossen wurde, wenn kein Wasser mehr in Bächen fließt und kein Salz mehr aus dem Berg zu holen ist, dann werden die Menschen merken, dass man Geld nicht essen kann.

Selbst König Midas ist verhungert, weil er wollte, dass alles, was er anfasst, zu Gold wird.

Ich glaube, noch mehr Worte braucht es nicht.

Danksagung

Zuallererst möchte ich meiner Familie danken. Trotz der Hürden, die sich aufbauten, der Steine, die in den Weg gelegt wurden, haben wir es bis hierher geschafft. Und wir werden es auch noch weiter schaffen. Ich danke meinen Freunden, die mir immer wieder Mut machten, wenn die Angst kam, auf der Verliererseite zu stehen. Sie alle haben in mir das Feuer der Leidenschaft am Brennen gehalten. Vielen Dank dafür.

Schwerin, im Februar 2018